KEITAI
SHOUSETSU
BUNKO
SINCE 2009

最後の世界が
きみの笑顔で
ありますように。

涙鳴

JN267554

◎ STARTS
スターツ出版株式会社

あたしの目は、少しずつ見えなくなっていく。

　絶望したあたしは周りを遠ざけ、
　家族も少しずつ離れていった。

「幸(さち)!!」
　ずっとひとりだと思っていた
　あたしの目の前に現れた、ひとつの光。
　君と一緒なら、生きていけると思った。

　あたしの見る最後の景色が、
　太陽みたいにまぶしい、君の笑顔でありますように。
　あたしの最後の世界が、
　君でいっぱいになりますように……。

contents.

chapter one
出会い	8
手	16

chapter two
涙	32
光	45
日だまり	55

chapter three
命	66
太陽	81
亀裂	88

chapter four
喪失	100
絆	106
気持ち	119
名前	133

chapter five

時間	154
過去	176
片翼	186

chapter six

決意	204
別れ	218
ペンダント	226
道	232

chapter seven

雪	242
世界	259
桜	269
最後に君を	285

あとがき	292

chapter one

出会い

【幸side】

季節は梅雨入り前の6月。

今日も授業には出ず、サボって図書室に来ていた。

他人と関わるのは嫌だから。

漣 幸、高3。

今どきの高校生みたいに化粧も、髪を染めたりもしていない、黒髪すっぴんの、見た目は普通の高校生だ。

人と近づくのが怖くて、よくひとりになれる場所を求めてここへ来る。

あたしが人と関わらなくなったのは、子どもの頃、ある病に侵されてからだ。

網膜色素変性症だとわかったのは、本当に小さい頃。

はじめは夜盲の症状が出た。

これは、夜のようにまっ暗になると、物が見えづらくなってしまう症状だ。

夕方、友達とボール遊びをしていたとき、足もとに転がったボールがどこにあるのか見つけられなかったり、段差に気づかずによく転んでは、ケガをしていたあたし。

そんなあたしを心配したお母さんが病院に連れていって、はじめて網膜色素変性症だとわかった。

網膜は、光を受けとめるフィルターのような働きをしている。

その網膜に問題があるあたしにとって、夜は無の世界なんだ。

　逆に、明るすぎても見えづらくなる。光は病気の進行を早めてしまう。

　つまり、太陽さえもあたしの敵。

　そして、この病気は進行は遅いものの、徐々にあたしの視界を狭めていく。

　高校に入る頃には、まるで細い筒のようなものを通して世界を見るようになっていた。

　あたしの視野は時間とともに、確実に狭まっていた。

　この病気は数千人にひとり、という確率の病気だ。有効な治療法も確立されていない。

　進行は遅いらしいけど、人それぞれで、あたしのはなぜか、ものすごいスピードで進んでいるらしい。

　本当に、不幸は不幸しか呼ばないんだと思った。

　数年後、あたしの見える世界はどこまで残っているんだろう……。

　あきらかに、小さい頃に比べて視力が落ちてきている。

　いつか、この目が見えなくなってしまうときが来たらと思うと……どうしようもなく不安で、つらくて悲しい。

　こんなに悲しくてつらいのは、視力を失うこと以上に、大切なモノを失うから。

　視力を失ったら……家族や友達、恋人の顔を何年、何十年先も覚えていられるのかな……。

　大切な人たちの顔を忘れてしまうのが一番つらかった。

いつか……。

大切な人だけではなく、自分の顔さえわからなくなっていくかもしれない。

これからもあたしは少しずつ、でも確実にいろんなモノを失っていく。

失っていくだけの人生に、なんの意味があるの？

ねぇ……。

教えてよ。

誰(だれ)でもいいから、生きていくことの意味を教えて……。

……幸。

あたしは自分の名前が大嫌い。

名前の由来(ゆらい)はもっと嫌い。

お母さんは言った。

『幸の名前はね、幸せになれますようにって、そのまんまの意味でつけたのよ』

幸せなんて……絶対に手に入らないモノだから……。

名前を呼ばれるたびに、あたしがどれだけ苦しんだか……みんなは知らない。

それが無性(むしょう)に悲しくて、憎(にく)らしかったの。

他人にあたしの痛みなんかわからない。

つらい、悲しい、痛い、憎い。

そんな感情に押しつぶされそうになる。

だから……。

視力が落ちていっていると自覚(じかく)した中学１年生の冬、あたしは他人と関わるのはやめたの。

家族でさえ、もう何年も言葉を交わしていない。
　みんな、あたしの声も忘れちゃったんじゃないかと思うほどだ。
　もう自分が傷つかないように。
　誰のためでもない、自分のために……他人との間に、高い壁を作った。
　学校でもひとりになりたくて、あたしは図書室に行くことが多くなった。
　学校の人とは話さずに、いつもひとり。本があたしの友達だった。
　本当は、学校になんて来たくない。
　それでも来ているのは、単位が危ない教科があるからだ。
　病気だとみんなに知られたくなくて、4月から屋外での授業が多い体育を休んでいたら、体育の単位だけが危なくなってしまったんだ。
　すでに単位が足りている授業には出ないから、こうしてよく図書室に来る。
　本は好きだ。
　まぁ、見えにくいけど、十分読書はできる。
　文章を読めば想像して物語を楽しめるし、なにより本はしゃべらない。
　静かだし、言葉がないから自分ひとりなのだと安心できる。
　——キーンコーン、カーンコーン。
　チャイムの音で、本から目を離し時計を見ると、ちょうど1時間目が終わった頃だった。

「今日は時間が過ぎるのが遅い気がする」

　小さくつぶやいて、視線を本へと戻す。

　今日の３時間目の体育さえ出れば、もう学校に用はない。
だけど、その体育が厄介なんだ。

　屋外のときは、太陽の光が強いと見えづらくなるし、なにより病気の進行を早めてしまう。

　もちろん、太陽の光から目を守るための、専用のコンタクトはしている。

　それでも、本当になにも見えなくなってしまうから怖い。

　一瞬にして……あたしの世界にいる人間や空、物が消えてしまうのだから。

　それがたとえ、たった数分だったとしても、不安と絶望に押しつぶされてしまいそうになる。

　──ガラガラガラ。

　本を読んでいると、授業中だというのに、図書室に誰かが入ってきた。

　うちの学校の図書室は、本棚の間にいくつかイスが用意されていて、そこで本を読んでいたので、入り口は見えない。

　図書室に入ってきたのが誰なのか、あたしにはわからなかった。

　まぁ、関係はないのだけれど。

　あたしはもう一度、本へと視線を戻した。

「おっ!?　先客!?」

　しばらく本の世界に入りこんでいると、目の前で声がした。

あわてて顔をあげると、そこには背の高い、あたしと同い年くらいの男子生徒が立っていた。
「君もサボり？」
　そう言って、その男子生徒は隣(となり)に腰かける。
　席なんかいっぱい空(あ)いてるのに、なんでわざわざ隣に座るの？
　あたしは無言で男子生徒をにらみつけた。
「俺もサボり！　数学だったからさぁ……面倒(めんどう)くさくて抜けだしてきた!!」
　そんなあたしを気にするでもなく、気さくに話しかけてくる。
　もう、なんなの……？
　正直、あたしは困惑(こんわく)していた。
　ここ数年、家族とさえまともに会話していないのに。
　他人となんか会話どころか、目を合わせることすらめったにしないのだ。
　それに……この学校であたしは浮(う)いてるから。
　入学以来、ずっと人を遠ざけて生きてきた。
　だから、話しかけてくる人がいるなんて思わなかった。
「俺、坂原陽(さかはらよう)、高校３年生。Ｂ組なんだ、よろしく!!」
　そう言って彼は笑顔で握手(あくしゅ)を求めてくる。
　あたしはＡ組だから、隣のクラスの人か。
　そう言われてみれば、見たことあるかも。
「…………」
　あたしはなにも答えず、本に視線を戻した。

でも、本の内容なんてまったく頭に入ってこなかった。
なんで……。
どうして関わろうとするの?
「部活は入ってないけどスポーツは得意!」
　本に視線を落としたままのあたしの隣で、坂原はひとりでしゃべっている。
　なんなんだ、もう……。気が散る。
「……で、部活には入らなかった!」
　ヘンな人。
　まったく相手にしていないのに、楽しそうに話している。
「……楽しいの?」
　見かねてあたしがたずねると、坂原は目を輝かせた。
「やっとしゃべった!!　ずっと本読んでるから、さびしかったじゃんか!」
　そしてなぜか、あたしが怒られている。
　まったくついていけない。
「名前、なんていうの?」
　名前……聞いてどうするんだろう。
　あたしはべつに友達とか、そういうのいらない。
　ただひとりで生きていければ、それでいいから。
「知ってどうするの?」
　視線は本に向けたまま、たずねる。
「そんなの、友達になりたいから!!　あたりまえだろう!?」
　そう言って坂原は叫ぶ。
　うるさいなぁ……。勘弁してほしい。

こんなお気楽でいられるのは、坂原が幸せな環境で育ったからに決まってる。
　だけど、あたしはちがう。
　あたしはやめたの。もう誰とも関わらない、関わりたくない。
「……友達なんかいらない」
　そう言ってあたしは立ちあがり、歩きだした。
　そろそろ２時間目が終わる。教室に戻らないと。
「え！　待っ……」
　坂原の言葉に歩みを止める。
「本読まないなら、他行ってくれない？　迷惑だから」
　振り返らずにそれだけ伝えて、図書室を出た。
　ここまで言えば平気だろう。

「坂原……陽……か」
　誰かと話すなんて、本当に久しぶり。
　誰とも関わらないって、ひとりになるためにここにいたのに……。
「友達になりたいって言ってたけど……あたしと？」
　なんで……？
　あたしみたいに暗い女子じゃなくて、もっと明るくてキャピキャピした女子とか、他にもいるじゃん。
　なんであたしなの？
　そのあとも、あたしに近づいてきた不思議な人、坂原のあの笑顔と言葉が、なかなか頭から離れなかった。

手

【幸side】
「……久しぶり」

　誰もいない図書室にあいさつをする。
「よかった。今日はあの人、いないみたい」

　この間、あたしと"友達になりたい"なんて、意味のわからないことを言ってきた男子がいたのを思い出す。

　今日は4日ぶりの学校。今日も2時間目の体育のせいで、登校する羽目になった。

　1時間目の今の時間は、すでに単位を落とさない程度に出席した授業だ。

　いつものイスに座り、本を読みはじめる。

　しばらく読みすすめていると、眠気が襲ってきた。
「少しだけ……」

　そうつぶやいて、あたしはいつの間にか眠ってしまった。

「……ん……」

　なんだろう……。

　音がする。

　紙が擦れる音。そう、本のページをめくるような……。

　その音で目が覚めると、隣には見覚えのある人がいた。
「…………」

　無言でその人物を見つめていると、少ししてあたしの視

線に気づいた。
「久しぶり‼　学校だいぶ来てなかったでしょ！　俺、毎日図書室に来てたのに」
　そう言って笑顔を向けてくる。
　坂原陽。あたしと友達になりたいと言った、不思議な男子だ。
「……言わなかった？　他行ってって」
　あたしは坂原をにらみつけた。
「でも、本を読むならいいんだろ？　漣？」
　そう言って、ニカッと笑い、本をたたく。
　本……読むんだ。ただの軽い人にしか見えないのに。
　というか……。
「それ、あたしが読んでた……」
　本なんですけど？
　なんで持ってるの？
「漣、この本抱えて寝てたから、そんなに大事な本なのかなって思ってさ！　気になったから読んでみた！」
　そう言って坂原は笑う。
　よく笑う人だな……。
　本当に、太陽が似合う人だと思った。
「……ってそれ、英語の本なんだけど……読めたの？」
　あたしは小さい頃から通訳の仕事に就きたくて、英語を習っていた。
　だから英文を訳すのは得意だったし、本もこういう外国物の方がおもしろい。

だけど、高校の英語の授業の知識だけで読める本じゃないはず。
「……無理だった。読みたいのに読めないなんて、本失格だ!!」
　それは坂原が悪いんじゃ……。
　けっして、本のせいではないと思う。
「……普通の本を読みなさいよ」
　あきれた……。なんのために図書室に来てるの？
　サボるだけなら他に行ってもらいたい。
「でもさ!!　俺、漣が読んでる本が読みたいんだ」
「…………」
　なんで……？
　あたしが読んでる本なんて、坂原には読めないはずでしょ？
　読めない本を読みたいだなんて、やっぱり不思議……いや、変人？
　坂原を無視して、あたしは本を奪いとった。
　ページをめくり、また読みはじめる。
　そのまま集中していると、ふいに視線を感じて顔をあげた。
「……な、なにっ？」
　坂原はじっとあたしを見つめている。顔に穴が開くほどに。
「いや……本読んでるときの漣って、なんていうか……」
　そこまで言って坂原は、後頭部をかく。
　その顔は少し赤いようにも見えた。
「……なに？」

あたしははっきりしない坂原にイライラして、キッとにらみつけた。
「いや、なんでもない‼」
　坂原はそう言って時計を見あげる。
「そろそろだな！　次は体育か。今日は３年全クラス合同らしいぞ。漣は？　次、出るの？」
　体育……。
　もう１時間目が終わるんだ。
　時間……過ぎるの早かった。
　いつもは長く感じるのに。
「っていうか、なんで坂原も１時間目、出てないの？」
　ふと、不思議に思っていたことをたずねる。
「えっ……。それは、ほら、漣に会えるかと思って……」
　え？
　ゴニョゴニョ言ってて聞こえない。
「ほら‼　漣、次は出るの？」
　首を傾げていると、坂原は話をそらした。
「……出る」
　あたしは本を閉じてカバンを持ちあげる。
「俺も出るんだ！　それじゃあ、一緒に……」
「行かない」
　坂原の言葉をさえぎって、あたしは図書室を足早に出た。

　　──ピーッ。
「Ａ組、並べー！」

自分の組が呼ばれて、あたしはA組の列に並ぶ。
　体育担当の島谷先生の掛け声で、あたしたち3年生は校庭の中心に集められた。
　今日は、また晴れか……。
　光がまぶしくて、目が少し痛い。
「今日からちょっと早いが、9月の体育祭に向けて練習を始める。まずは種目別に並べ！」
　――ピッ。
　島谷先生の笛で生徒はいっせいに動きだす。
　種目……？
　あたしはなんの種目に出るんだろう？
　LHR(ロングホームルーム)にはいっさい出席していないから、まったくわからない。
　――トントン。
「漣さん」
　肩をたたかれて振り向くと、同じクラスの鮎沢葉月さんが立っていた。
　この人……たしか、あたしのななめ前の席の人。
　あたしと同じで静かで、休み時間も勉強ばかりしていた気がする。
　クラス委員長だったっけ。
「漣さんは借り物競走だよ」
　そう言って鮎沢さんは笑顔を浮かべた。
「……ありがとう」
　それだけ言って、あたしは借り物競走の列に並んだ。

鮎沢さんの笑顔、まぶしかったな……。

　きっと、幸せな人生を送っているからできる笑顔だ。

　うらやましい……。

　ボーッと遠くを見つめていると、視界に見知った姿を見つけた。

　坂原……。

　男子の200メートル走を走っているところだった。

「よっしゃーっ!!」

　練習とはいえ、みごとに1位になった坂原がガッツポーズを決めた。

「調子に乗るなよ、坂原！」

「坂原だもん。仕方ないっしょ」

「本当、バカだよな～」

　自然と周りが笑顔になっている。

　例外（れいがい）なく、自分も。

　あたしも……？

　危ない危ない。

　坂原と会ってからというもの、坂原があたしのことを話しているのか、いろんな人に声をかけられるようになった。

　坂原の仲のいい男友達によく話しかけられたり、この間は、坂原のクラスの人にあいさつされたし……。

　こうしていつの間にか、自然と他人に関わるようになっている。

　離れなきゃ。

「傷つくのはあたしなんだから……」

今ならまだ……間に合うでしょう？
「漣」
「…………」
　あたしが、坂原の存在を大切だと思ってしまう前に……。
「漣!!」
「……っ！　島谷先生……？」
　ハッと我に返ると、心配そうにあたしの顔をのぞきこむ先生の目があった。
　いけない、先生の声に気がつかなかった。
「漣、無理はするな。借り物競走はふたり一組だから、漣はそれにエントリーしておいた。だから、大丈夫だとは思うが……」
　先生はあたしの目のことを言っているんだと、すぐにわかった。
　クラスメイトには、かわいそうとか同情されるのが嫌で、病気のことは言っていないけど、バレるのも時間の問題だろう。
　あたしの狭い視野でできることは限られている。
　体育祭の種目だって、島谷先生がふたりで出場できる借り物競走なら大丈夫だろう、と考慮してくれたんだ。
「すみません、心配かけてしまって。でも、大丈夫です」
　それでも、あたしは他の子とちがうんだと強がって、作り笑いを浮かべてスタートラインへと向かう。
　ひとりで生きていくと言いながら、結局誰かの荷物になってしまうあたしは、価値のない人間なのかもしれない。

そう思うと、どんどん自分のことが嫌いになっていく。

体育が終わって、ひとり早めに教室に戻ってきた。
カバンを持って廊下に出ると、今帰ってきたのか、坂原がいた。
そっか、坂原は隣のクラスだっけ。
あたしに気づいて手を振ってくる。
それを無視して図書室へ向かおうとすると、笑い声が聞こえて立ちどまった。
「なんだなんだ？　坂原、フラれてやんの」
坂原の隣にいた男子が、笑いながら坂原の背中をたたく。
「ち、ちげーって！」
そう言って坂原は後頭部をかく。
「でもよ～。漣って、普通に笑えばかわいいんじゃね？」
え……？
その男子の言葉に、坂原は笑顔を浮かべる。
「漣はなにもしなくたってかわいいし、キレイだ！」
そう言って坂原はカバンを持ちあげる。
「……っ!!」
か、かわいいとか、なに言ってんの。
そう思いながらも、顔が熱くなっていくのがわかる。
あたしはなにも言えず、そこから離れるために歩きだした。
「俺、これからサボる!!　あとは頼んだ!!」
「これから!?　お、おい！　坂原!?」
うしろでそんな会話が聞こえたけど、無視した。

今、あたしのこの顔を見られたら、なにを言われるか……。
　そう思って足早に歩いていると、突然、目に痛みを感じた。
「……っ!?」
　まぶしい。すごくまぶしい。
　目の前がまっ白だ。
「っ……なんで……？」
　目を開けられない。
　なにも見えない。
　必死に手を伸ばすと、固いものに当たった。
　ペタ……ペタ……。
　廊下の壁なのかな……？
　ダメだ、今、廊下のどの辺だろう？
「……嘘でしょ……？」
　目を開けようとしても光しか見えない。
　そうか……。
　きっとここは、廊下の窓から差しこむ光が明るすぎて、見えないんだ。
　たまたま太陽の光が強かったのかもしれない。
「……はあっ……はっ……」
　不安からか動悸が激しい。
　息もしづらいし……。
「とにかく……歩かなきゃ……」
　声が、足が、体が震える。
　本当に、この世界でたったひとりなんじゃないか……そう錯覚するほどに。

ペタ……ペタ……。
　光がないところへ……。
　早く……早く……っ。
　ガクッ。
「……っ!?」
　必死に歩いていると、急に足もとがなくなった。
　あわてて手すりらしき物につかまる。
　嘘、落ちる!?
　どうしよう、怖いっ！　誰か!!
「漣!?」
　そのとき、誰かに名前を呼ばれた。
　よかった……。
　ひとりじゃない。
「どうした!?　大丈夫か!?」
　どこかで聞いたことのある声。
　その声の主は、ものすごくあわてているようだ。
　それもそうか。
　たぶん、ここは階段だろう。
　カバンはきっと落下してるし、こんなところでしゃがみこんでるんだから、あわてるよね。
「と、とりあえず、保健室か!?」
「……坂原……？」
　坂原の声に似ている。
　理由はわからないけど、そうであってほしいと期待している自分がいた。

「そうだ!! 大丈夫か!? 漣！」
　心配そうな声。
　目が見えないと、その分、相手の心を敏感に感じる。
　坂原はあたしを心配してくれてるんだ。
　今、自分がこうなって思い知る。
　もし失明してしまったら、自由がなくなるんだ。
　もう自分の意思では動きまわれない……。
　ねぇ、神様……。
　あなたはなんて残酷なの。
　運命を呪う。
　どうしてあたしなの？
「……み……なみ……」
　今までこんなことはなかった。
　これほどまでに、光をまぶしいと感じたことはなかったのに。
　病気の進行が進んでる……。
　認めたくはないけど。
「……み……漣!?」
　肩をつかまれてハッと我に返る。
　いけない。坂原がいたんだった。
　ボーッとしてたら、坂原にヘンに思われる。
「……なんでもない。もう大丈夫だから、ひとりにして」
　ズキン。
　心臓が嫌な音を立てた。
　どうして……？

その音の理由はわからない。
　　ただただ、つらかった。
　　手すりにつかまって、なんとか立ちあがる。
　　カバンはどこ……？
　　まったく見えない。
「そんな状態で、ひとりにできるわけないだろ!?　とりあえず保健室に……」
「離して!!」
　　——バシッ！
　　あたしは、腕をつかんだ坂原の手を振り払った。
「漣……？」
　　あきらかに動揺した声。
　　この声が、どれだけあたしの胸を苦しめるか……。
　　あなたは知らない。
　　そう……誰にもわからない。
　　同情も心配もいらない。
　　どうせムダなモノだから。
「…………」
　　手がジンジンと痛い。
　　坂原を傷つけたのはあたしなのに、胸が痛いよ……。
　　手すりをつかんで階段を１段１段おりていく。
　　段差をたしかめながら、ゆっくりおりていくと……。
　　——ドカッ。
　　爪先になにかが当たった。おそらくカバンだろう。
　　地面をさわり、手探りでやっとカバンを見つけた。

「あ……」
　屈んだまま目を開けると、もうまぶしくはなかった。
　大丈夫、ちゃんと見える。
　階段下まで来たからかな。
　ここなら、日が当たっていないんだ。
「……漣、まさか……見えないのか？」
　ドキンッ。
　嫌な汗が背中を伝う。
『見えないのか？』
　まさか……気づかれた？
「……見えるよ。でなきゃ……本読めない」
　そう言ってカバンを抱きかかえる。
　強く、強く抱きかかえた。
　不安を拭いさるように。
「……そ、そうだよな。ヘンなこと言ってごめんな！　体調は大丈夫か？」
　……なんで。
　なんでよ……。
　あたし、坂原にひどい態度取ったのに。
　優しくしないで……。
　優しくしないでよ……。
　でなきゃ、自分がどんどん嫌な人間に思えて、つらい。
「……っ……」
「あ！　漣っ!?」
　あたしはその場から逃げだした。

早く逃げてしまいたかった。
　他人の優しさを受け入れてしまう前に……。
　そのあとは結局、図書室で坂原に会うのが怖くて、教室に戻って授業を受けた。

「……はぁ……」
　放課後になり、校舎から出ると、夕日があたり一面を赤く照らしていた。
「夜が来る……。あたりを闇が染める前に……」
　あたしの目が見えなくなる前に、帰らなきゃ……。
　夜盲のあたしは、夜になればまったく見えなくなってしまう。
　家に向かって歩きながら、空を見あげる。
　茜色に染まる空。
　空に手を伸ばしてみる。
　あたし、この景色も見えなくなったりしないよね？
　ふいに、あのときあたしの手を引いてくれた坂原のことを思い出す。
「……手、あったかかった……」
　あたしの腕をつかんだ坂原の手。
　人のぬくもりに触れたのは、何年ぶりだったかな。
　素直に、その手にすがれたら……。
　なにかが変わったのかな？
「……ちがう……変わらない。変わらないんだ……」
　なにも変わらない。

すがってはダメ……幸。
傷つきたくないんでしょう？
失うのが怖いなら、遠ざければいいの。
そうでしょう？
……幸……。

chapter two

涙

【幸side】
　——ジリリリリリッ。
　次の日、休日だっていうのに、けたたましい目覚ましの音で目が覚める。
「……ん……」
　目を開けると、今日もまっ暗。
　窓もカーテンも閉めきっているから。
　光が怖い。
　あたしにとってそれは、病気の進行を早めるもの。
「今日は曇りだといいな……」
　ベッドからおりて扉を探す。
　光を閉ざしているため、今のあたしにはなにも見えないんだ。
　だけど、さすがに自分の部屋だから、扉を探すのは簡単だ。
　——ガチャ。
「……見える」
　部屋を出れば光が溢れていた。
　いつからかあたしは、光を避けるようになっていた。
　家族を避けるのと同じように。
　——ギシ、ギシ。
　階段をおりていくと、あたしのふたつ下で、今年高校１年生になった妹の望がいた。

望はあたしの姿を見つけると、嫌そうににらみつけてきた。
深く鋭い、憎悪の瞳……。
「…………」
あたしは無言でその横を通る。
いつものこと。
あたしと望は血の繋がった姉妹だけど、心の繋がりはない。
理由はわかってる。
あたしが悪いことも……。
あたしが病気だとわかってからというもの、両親はあたしに付きっきりだった。
幼かった望にとっては、それがつらくて、あたしのことが憎かったんだと思う。
親から受けるはずの愛を、あたしが奪ってしまったから。
「はぁ……」
洗面所に行くと、鏡に映った自分を見つめてため息をつく。
息が詰まる。この家も、学校も……。
——バシャッ。
水で顔を洗う。
それでも気分が晴れることはなかった。

着替えを終えて、靴を履く。
今日は月に1回行っている通院日なのだ。
「……幸……？」
靴を履いていると、ためらいがちにあたしの名前を呼ぶ声がした。

振り向くと、そこにはお母さんがいた。
　お母さんは、あたしが通院する日は、かならずこうして声をかけてくる。
　だけど、あたしが家族と話さなくなってからは、いつも気を遣って一歩さがって距離を取る。
　お母さんは病気のあたしに近づくのが怖くて、あたしもお母さんとお父さん、望に近づくのが怖くて、苦しい。
「……病院に行くの？　送っていくわ」
　その言葉に首を横に振って、あたしは家を出た。

「……行きたくないなぁ」
　今日の受診でどれだけ病気が進んでるのかを聞いて、また絶望しなきゃいけないから……。
　病院までの道は、重く、長い道のりだった。
　今日は土曜日。
　休日だっていうのに、なんで病院なんかに行かなきゃいけないんだろう。
「……はぁ」
　病院を目の前に足を止め、空を見あげる。
　雲が流れていく。時間が流れるように。
　時間なんか止まってしまえばいいのに……。

「失礼します」
「幸ちゃん、いらっしゃい」
　順番が来て診察室へ入ると、日比谷先生が笑顔で出むか

えてくれた。
　小さい頃からずっと、あたしを診てくれている男の先生だ。
「さぁ、座って？」
　先生の言葉にうなずいてイスに座る。
「なにか変わったことはあった？」
「……前より、周りが見えなくなったかもしれないです」
　昨日だって、あやうく階段から落ちるところだった。
「……そうか……。他にはあるかい？」
「いえ……。それだけです」
　その言葉に、先生は深刻そうな顔をした。
　ドキン……ドキン……。
　心臓が痛い。
　やっぱり、あたしの目は悪くなって……？
「今日はこれで大丈夫だよ」
「えっ……？」
　想像していたのとは正反対の返事に、あたしは首を傾げた。
　だって先生、さっき深刻そうな顔してた……。
「先生、あたしの目……これ以上、悪くならないですよね？」
「この病気の進行は遅いんだ。今の視力を維持して生活している人もたくさんいるんだよ」
　そう言って笑顔を見せてくれる先生に安心した。
　望みは、あるのかな。
　あたしには、通訳になるっていう夢もある。
　その夢も、叶うかはわからないけど。
　ひとつひとつ、あたしはなにかを失っていくのかな……。

病院を出ると、空は変わることなく青かった。
毎日、何度も何度も考える。
どうしてあたしなの？
犯罪者とか、自分で命を断とうとする人間はたくさんいる。
なんでその人たちじゃなくて、あたしなんだろう……。
不公平だよ……。
「……漣？」
名前を呼ばれて、空から目線を外す。
目の前にいたのは、自転車にまたがった坂原だった。
「……坂原……」
買い物の帰りなのか、手にはコンビニの袋。
「病院……って、やっぱり具合悪いのか!?」
そう言って自転車からおり近づいてくる。
昨日あんな別れ方をしたのに、普通に話しかけてくる。
あたしのこと、嫌いにならないの……？
「……漣？　大丈夫か～？」
心配そうにあたしの顔をのぞきこみ、目の前で手を振る。
「ただの風邪だから」
そう言って去ろうとするあたしの腕を、坂原がつかんだ。
「こんな大きな病院で診てもらわなきゃいけないくらい、ひどいの？」
坂原の言葉にハッとする。
ここは大学病院だし、風邪くらいで来るところじゃないよね……。
「ち、近くに病院なくて。それに……大きい病院の方がな

にかと安心だから」
　あわてて言葉を繋ぐと、坂原は納得したようにうなずく。
「よかった〜!!　漣になにもなくて!」
　坂原はそう言ってニッと笑った。
　やっぱり太陽みたいな人。
　まぶしい人だな……。
「…………」
　ボーッと見つめていると、坂原は頬を赤く染めていた。
「さ、漣!?」
　名前を呼ばれて我に返る。
　またボーッとしてしまったみたいだ。
「……ボーッとしてた」
「漣って、たまに抜けてるよな〜」
　そう言って坂原は笑う。
　失礼な人だな。
「……さよなら」
　怒りもこめて言いはなち、足早に歩く。
　けど、坂原はあたしのあとをついてきた。
「……なに？」
　立ちどまって振り向き、坂原をにらみつける。
「漣、うしろ乗っていきなよ！　送ってくから!!」
　そう言って自転車の荷台をたたく。
「……は？」
　拍子抜けして坂原を見ると、また頬を赤く染めている。
「お、女の子をひとりにできないしさ!!」

「……まだ昼なのに？」
　あたしの言葉に、坂原は言葉をつまらせた。
「交通事故とか……？」
　なぜ疑問形？
　聞かれてもわからない。
「いや、正直に言うと、一緒に話したいだけなんだ！」
　そう言って後頭部をかく。
　話したいだけなんて……。
　なんであたしなんかと……。
「あたしには話すことなんてないから」
「じゃあ勝手についてく！」
　あたしが歩きだすと、その隣を坂原はついてきた。
「漣んち、こっちなんだ！　俺もこっち！」
「…………」
「あ！　漣、アメ食べる？」
「…………」
　一方的に坂原が話しかけてくる。
　何度無視しても、気にすることなく。
　もう……。なんなの……？
「お、漣！　ここ寄ってこうよ！」
　そう言って坂原は川原を指さした。
「……なんで？」
「いいから！」
　そう言って坂原は、自転車を止めてあたしの手を引いた。
「…………」

ドキン。
　坂原に触れられている指先、手が……熱い。
「よいしょっ!!」
　坂原はドカッと草原に腰をおろした。
　無言で自分の隣をたたく坂原をにらみつける。
「迷惑……」
　にらみつけたままつぶやくと、坂原は傷ついたような顔をした。
　ほら、またあたしの言葉で坂原を傷つけた。
　あたしのそばにいたら、みんな不幸になるんだ。
「あたしに近づかないで。どうせ、浮いてるあたしの友達になって、いい子ちゃん気取りしたいだけでしょ？　迷惑だから、そういうの」
　そう言ってあたしは踵を返した。
「ちがう……」
　背中ごしに、坂原の小さなつぶやきが聞こえた。
　あきらかに怒っている声だ。
　相手が怒ろうが、泣こうが関係ない。
　あたしから離れてさえくれれば、それでいいんだ。
　あたしにとっても、相手にとっても……。
「漣は……どうして他人を拒絶すんの？」
　怒鳴られると思っていたのに、坂原は声を荒らげず、静かにたずねた。
　それに答えるためにあたしは振り返り、坂原を見つめる。
「……どうして？　それを坂原に話してどうなるの？」

なにかが変わる？
　　　幸せになれる？
「俺は、漣の力になりたい。理由はそれだけじゃダメ？」
「…………」
　　　この人は、純粋で、誠実な人なんだ。
　　　誰よりも他人を大切にする人。
　　　けっして、私利私欲のために言ってるんじゃない。
　『いい子ちゃん気取り』
　　　さっき自分が言ったことを後悔した。
　　　この人にそんなことができるわけがないんだ。
　　　純粋で、誠実なこの人には……。
「……あたしはね、他人と関わりたくないだけ。ただそれだけ。だから、ほっといて」
　　　関わりたくない。関わりたくなんかない。
　　　自分が傷つくだけだってわかってるから。
「ならなんで、そんな泣きそうな顔してんだよ‼」
　　　坂原の言葉に目を見開く。
　　　泣きそう……？
「なに言って……」
　　　ポタッ。
　　　その瞬間、なにかが頬を伝い地面に落ちる。
　　　それがなんなのか、気づくのには時間がかかった。
「……涙……」
　　　頬に触れると、涙の跡があった。
　　　それを人さし指でゆっくりとなぞる。

「…………」
　バカ……。あたしのバカ……。
　どうして泣いたりなんかしたの……。
「漣……」
　坂原が手を伸ばしてくる。
　あたしは一歩さがってその手を避けた。
「お願い、あたしに関わらないで。お願いだから……」
　そう言って精いっぱい走った。
　その場から逃げだすように。
「……漣‼　明日、もう一度ここで会おう。俺、待ってるから‼」
　坂原はあたしを呼びとめなかった。
　そのかわりに、もう一度会う約束をしてきた。
「……っ……」
　返事はしなかった。
　聞こえてたけど、走りだした足を止めることはしなかった。
　坂原にあたしの弱い心を見ぬかれた気がして、これ以上、弱い自分を知られたくなかったから。
　これ以上、誰かに踏みこまれたくなかったから……。

　――ガチャン。
「お帰りなさい」
　家に帰ると、玄関にお母さんが立っていた。
「…………」
　なにも言わずに靴を脱ぐ。

「幸、今日病院でなにか……」
「やめて!! ほっといてって言ってるじゃん!!」
　いつもなら無視した。
　だけど今日は、坂原とのこともあり、イライラしていた。
　お母さんに当たるように声をあげると、お母さんはうつむいて肩を震わせていた。
　それから目をそらすように、あたしは踵を返した。
　見なくてもわかる。きっとお母さんは……。
　泣いている。
　あたしは何度この人を泣かせたんだろう。
　それでも、あたしにはなにもできない。
　それに、もう誰とも関わりたくない。
「幸」
　部屋に戻ろうとするあたしを、お母さんは呼びとめた。
　あたしは振り返らない。
　なるべく、大切な人たちの姿は見ないようにしてる。
　その姿を記憶に残してしまったら……。
　もし、遠くないいつか、この目が見えなくなったらと想像すると……二度と見ることができなくなるつらさに、立ちなおれなくなるから。
　あとで自分が傷つくから。
「……またみんなでご飯食べよう？　幸、いつも自分の部屋で食べるでしょ？　幸が一緒じゃないと、みんな笑顔になれないわ」
　お母さんの言葉に胸が痛む。

だけど、それは……あたしが、みんなから笑顔を奪ってるってこと？
「あたしのせい？」
　家族も友達も大好きだった。
　大切だけど、同時に憎い。
　あたしはもう……人を憎むことしか、できなくなってしまった。
「ちがう!!　そんな意味で言ったんじゃないの。ただ、さびしいのよ……」
「そんなこと知らない!!　あたしは……お母さんも、お父さんも、望も憎いの。どうしてあたしだけなの？　ねぇ……なんであたしを産んだの？」
　こんなにつらいなら、苦しいなら。
　消えてしまいたい。
　どうして……あたしなの……。
　幸せそうにしている人たちが許せない。
　許せないよ……。
「……ごめんね……ごめんね、幸っ……っ……」
　そう言ってお母さんは泣きくずれた。
「お母さん!?」
　たまたま通りかかった望が、泣きくずれるお母さんを見て駆けよる。
　そして、あたしをにらみつけた。
「……いいかげんにしてよ……。つらいのは、あんただけじゃないのよ!!」

その言葉に、ふつふつと怒りがこみあげる。
「……あんたたちもつらい……そう言いたいの？」
　健康に生まれて、家族がいて、友達がいて……。
　そんな人に、あたしのつらさがわかってたまるものか。
「そうだよ!!　あんただけじゃない。あんたのせいで家族がつらい思いしてるの！　あたしたちを巻きこまないでよ!!」
　その言葉に、なにかが壊(こわ)れた気がした。
「望!!　なんてことを言うの!!」
　──パシッ！
「……痛っ……」
　お母さんが望の頬を強くたたいた。
　望は放心状態でお母さんを見あげる。
「……ははっ……本当、嫌になる。あんたたち全員……バカじゃないの？」
　そう言いのこして望は家を出ていった。
　──バタン。
　扉が閉まる音が、頭の中にこだまする。
　それはまるで……家族が壊れていく音のようだった。

光

【幸side】
「……ん……」
 目を覚ますと、まっ暗。
 今日は目覚ましをかけなかった。
 長く眠っていたかったから。
「そうだ……坂原……」
 本当にずっと待ってるつもりなの?
 あたしは行かないし、今は誰とも会いたくなかった。
 しぶしぶベッドからおりて、部屋を出る。
 時計を見ると、ちょうど昼の1時くらいだ。
 坂原……時間もなにも言ってなかった。
 もしかしたら、いないかもしれない。
「……って……。あたしには関係ないよ」
 洗面所で顔を洗い、タオルに顔を埋める。
『ならなんで、そんな泣きそうな顔してんだよ!!』
 昨日、川原で坂原に言われた言葉。
『……ごめんね……ごめんね、幸っ……っ……』
 お母さんの泣いてる声。
『つらいのは、あんただけじゃないのよ!!』
 望の、あたしを心底嫌うような目を思い出して、心が沈んだ。
 望は昨日、結局帰ってこなかった。

お父さんは、いつも仕事で家に帰ってくることは少ない。
　　　お母さんは、あれから部屋にこもっていた。

「……3時」
　部屋に戻って本を読んでいると、あっという間に2時間がたっていた。
「まさか……待ってないよね……」
　時間も決めてないんだし。
　それに、あたしには関係ないんだから。
　そう自分に言いきかせて、本に視線を戻した。

　——ザーッ。
　雨の音で本から視線をあげる。
　本を置いて窓へと近づき、カーテンを開けると、外はまっ暗だった。
　時計を見ると、7時を回っている。
　さすがに、こんな時間まで待ってる人間はいないだろう。
　立ちあがり、窓から外を見つめる。
「すごい雨……」
　ものすごい勢いで地面に打ちつける雨。まさに大雨だった。
「……坂原……」
　雨の中待っている坂原の姿が、ふと頭をよぎった。
『俺は、漣の力になりたい。理由はそれだけじゃダメ？』
「……っ!!」
　気づいたらあたしは玄関を飛びだして、走りだしていた。

ありえない……。
　ありえないのはわかってる。
　でもあたし、ずっと坂原のこと考えてる。
　あんなヤツ、気にすることなんてないのに！
　なのに!!
　——バシャッ、バシャッ。
「なんで頭から……はぁっ……はぁっ……離れないの!!」
　傘も差さずに走った。
　雨なんか気にしない。
　坂原が待っていなくたってかまわない。
　ただ……そうせずにはいられなかった。
　だけど、雨が降る夜は……暗くてなにも見えない。
「どうして……こんなときに!!」
　街灯を頼りに必死に走る。
　川原まではそう遠くない。道さえ覚えていれば行ける。

「……はぁっ……嘘っ……」
　なんとか川原に続く土手まで来ると、街灯のすぐ下に人影が見えた。
　走りながら自分の口もとを押さえる。
「……っ……どうしようっ」
　その人との距離が縮めば縮むほど、胸が締めつけられるように苦しくなる。
「……坂原……」
　そこにいたのは、まぎれもなく坂原だった。傘も差さず

に座っている。
　あたしはそのうしろに立ちつくした。
「嘘……」
　あたしのつぶやきが聞こえたのか、坂原が振り返った。
「……さ……ざなみ……？」
　そう言って目を見開く。
　そして、すぐに笑顔に変わった。
　ガバッ！
「……よかった!!　事故にあったんじゃないかとか、気が気じゃなかったんだ。本当、無事でよかった!!」
　坂原はあたしを抱きしめて言った。
　怒りもしないで……こんなに冷たくなっても、あたしを心配している。
「……どうして……。帰らなかったの……？」
　理由もわからずに涙が出てくる。
　雨が降っていてよかった。
　坂原に泣いてるところなんて見せたら、また心配させてしまうから。
「漣を待つって決めたから」
　あたしを抱きしめたまま、坂原は答えた。
「……バカ……。何時間ここにいるの？」
「うーん。わかんない！」
　笑いながら言う坂原を強く抱きしめ返す。
　こんなに冷たくなってまで……。
「傘は……？」

「最初は降ってなかったから、持ってきてない！」
　降ってなかったって、そんなに前から……？
「……っ……あたしなんか、ほっとけばいいじゃん!!　どうしてあたしにかまうの!?」
　どうして……。
　あたしから離れていかないの？
「漣が心配だったから。力になりたいから。ただそれだけ」
　本当にバカな人。
　あたし……わざと行かなかったんだよ？
　なのに、心配とかして……。
「あたしなんか……ほっといてよ……」
「無理。俺、漣のこと守りたいから」
　そう言って坂原は体を離し、あたしを見つめる。
「……っふ……ぐすっ……」
　我慢できなくて……こらえきれなくて涙を流した。
　それはもう、一生分くらいの涙を。
　今までどうやって感情を押しころしてきたのか、わからない。
　そう思うほどに、今は坂原の優しさに、泣けてくるんだ。
「……漣……」
　名前を呼んで、坂原は抱きしめてくれる。
　あたしはもう、拒絶はしなかった。
　その胸に身を任せてたくさん泣いた。
「……ひとりじゃない」
　坂原はそう言って、何度も頭を優しくなでてくれた。

あたしはずっと、ひとりだったはずなんだ。
なのに、あたしは今、ひとりじゃない。
そう思うと、あれだけひとりでいたいと願ったのが嘘みたいに、人の体温に安心した。
泣きやむと、坂原は笑顔を浮かべた。
「これじゃあ、ふたりとも風邪引くな!」
――バサッ。
そう言って、自分の上着をあたしの頭にかぶせた。
「これじゃ、坂原が風邪引くよ!?」
あたしよりずっと長く外にいるし、雨に打たれてるんだから。
「俺は平気〜!!」
そう言って笑う。
その笑顔に胸がざわめいた。
なんだろう……。坂原の笑顔を見てると胸がざわめく。
「とりあえず、雨宿りできるところへ行こう!」
あたしの手をつかんで、坂原が歩きだす。
「……えっ……あっ……!?」
少し歩くと、突然目の前に闇が広がった。
「どうしっ……光がなくなった……!?」
街灯があったはずなのに、どうして?
「……漣?」
急に立ちどまったあたしを不思議に思ったのか、坂原も立ちどまった。
「坂原、街灯……」

「街灯？　あぁ、ここだけ切れちゃってるみたいだな。それがどうし……」

　ギュッ。

　不安でいっぱいになって、自然と坂原の手を強く握りしめてしまう。

「漣……？」

　あたしの不安を感じとったのか、坂原があたしの顔をのぞきこんでいるのがわかった。

「……坂原。前にあたしに、目が見えないのかって聞いたよね？」

「ん？　あぁ！　あったな。でもあれは、俺のカンちがいだったし……」

　あたしは深呼吸をした。

　坂原になら話してもいい。

　たとえ、自分が傷つくことになっても、あたしなんかのことを守りたいと言ってくれた坂原に応えたい。

「……見えないよ」

「……え？」

　顔は見えないけど、坂原の驚いている顔が想像できた。

「見えないって……まさか……」

　その言葉に無言でうなずく。

「でも……今まで普通に本読んだりできてたろ!?」

　あたしの病気は少し説明が難しい病気だ。

　なんと伝えればいいのか……。

「あたしは、網膜色素変性症っていう目の病気なの。夜は暗

くてまったく見えなくなるし、昼はまぶしすぎて見えづらくなる。少しずつ視界が狭くなっていって、最後には……」

そこまで言って怖くなる。

あらためて言うのは、こんなにつらいことなんだ……。

言ってしまえば、それが事実だと認めることになってしまうから。

あたしはもう一度、深呼吸をした。

「失明……するかもしれない……」

あたしの言葉に返事は返ってこない。

驚いてるのか、悲しんでるのか……。

今のあたしには、なにもわからない。

だって……なにも見えないんだから。

「嘘だろ……。失明するって……」

確認するようにつぶやいた坂原。

あたしは無言で首を横に振った。

「あたしの目は、治らない。病気の進行は遅くて、このまま失明しないかもしれないし、するかもしれない」

だけど……どんなに失明する可能性が低くても、怖い。

現に、夜は明かりがなければ、あたしにとってこの世界は、なにも映らない無の世界なんだ。

「……っ……漣っ!!」

ガバッ！

突然、誰かに抱きしめられた。

見えなくてもわかる……。

「……坂原……」

あたしを抱きしめる手は震えていた。

　人のぬくもり……。こんなに温かいものなんだ。

「ひとりでずっと苦しんでた？　泣いてた？　俺がもっと早く漣に出会えてたら……」

　その声も体も、震えていた。

　もしかして……。

　あたしは手探りで坂原の顔を探す。

　ちょうど頬に触れると、雨とはちがう温かい雫が、手に流れおちてきた。

「……泣いてるの？」

　驚いてそうたずねると、さらに強く抱きしめてくる。

「泣いてなんかない。泣きたいのは漣の方なんだから……」

　本当に優しい人。

　泣いてないなんて嘘。涙が流れてるじゃん……。

「……坂原、聞いてくれてありがとう。あたし……傷つくのが怖かったの。もし失明したら、大切な人たちの顔や自分の顔さえも、何年、何十年たったら忘れてしまうかもしれない……。それがつらかった」

「だから……人と関わろうとしなかったんだな……。やっと、漣の心に近づけた気がする」

　関わってしまえば、傷つくのはあたし自身だから……。

　それが怖くて、今まで誰にも本当の気持ちを伝えられなかったんだ。

「漣……話してくれてありがとうな。俺、漣の支えになりたい。ひとりで歩けないなら手を引く。つらいなら抱きし

めるから……。だから、俺のことは……拒絶しないで」

その言葉に胸が温かくなる。

こんなこと、言ってくれた人は、はじめてだ。

どんなに拒絶しても、あきらめないで向かってきてくれた。

どんなにひどいことを言っても、笑顔を見せてくれた。

病気のことを言ったら、あたしより悲しんでくれた……。

「……あたし……」

いいの……?

すがってしまってもいい?

もしも、この目が見えなくなるときが来たら、大切な人の顔も思い出せなくなって、悲しくて、傷つくのはわかってる。

それでも……。

「……坂原にだけは……離れていってほしくない……」

本心だった。

たとえ傷つくことになっても……これだけは譲れない。

「もうひとりは……嫌だよ……」

君に触れてから、人の優しさ、温かさを知ってしまった。

離れられるわけがないんだ……。

それを知ってしまったから。

「離れてなんかいかない。俺はここにいるから」

そう言って抱きしめてくれる。

相変わらず目の前はまっ暗で、なにも見えないけど、もう不安はなかった。

だって……君が光のように、あたしを照らすから。

日だまり

【幸side】
「ただいま〜」
「お邪魔します……」

　あそこにずっといたら風邪を引くからということで、なんでか坂原の家にお邪魔させてもらうことになった。
「「「お帰り〜〜っ、お兄!!」」」
　玄関に向かって、小学生くらいの女の子ひとりと、男の子ふたりが走ってきた。
　おそらく兄弟だろう。
「おー、ただいま〜」
　坂原はその子たちの頭をワシャワシャとなでる。
　その光景に、自然と笑顔になれた。
「蓮、コイツが次男の翼で、三男の秋、末っ子の柚。上から小5、小3、小1だよ」
　坂原が紹介してくれる。
「お兄、この人だぁれ？」
　あたしに気づいた兄弟たちが不思議そうな顔をした。
「お兄の彼女〜っ!?」
「彼女！　彼女〜っ！」
　子どもたちはワイワイ騒ぎだす。
「ち、ちげぇーって!!　お前ら、あっち行ってろ!!」
　顔をまっ赤に染めて否定する坂原を見ていると、あたし

まではずかしくなってくる。
「ねぇ、ねぇ！　お姉ちゃん、こっち来て一緒にモデルさんごっこしよう!!」
　そう言って、あたしの手を引っぱる女の子。
「こら、柚。漣は雨でビショビショだから、先にお風呂に入らせてあげないと！　案内してあげて」
　坂原の言葉に、柚ちゃんは目を輝かせた。
「お姉ちゃん！　柚と一緒に入ろうっ!!」
　そう言って柚ちゃんが、あたしの手をつかむ。
　わぁ……。
　小さくてかわいい。
　こんな風に望に笑いかけてもらったこと、あったっけ……。
　つい、自分の妹のことを思い出した。
「ダメ。漣がゆっくりできないだろう？」
　坂原の言葉に、柚ちゃんは泣きそうな顔をする。
　あたしはあわてて、柚ちゃんの前にしゃがみこんだ。
「いいよ。一緒に入ろうか？」
「漣!?」
　坂原は目を見開く。
　そんなに驚かなくても……。
　べつに、男の子と入るわけじゃないんだし。
「あたしなら平気だよ。それより、お風呂まで貸してくれてありがとう」
「気にすんなって！　家にいるの、俺らだけだから。くつろいでって」

俺らだけ……？
　お母さんとお父さんは……。
「母親はいないよ。出てった。親父(おやじ)は単身赴任(たんしんふにん)中！」
　さらっと言ったけど、それって……。
「坂原が、この子たちをひとりで面倒見てるの？　だからスポーツ得意なのに、部活にも入らないで……」
　そこまで言うと、坂原は苦笑いを浮かべた。
「まぁ、そういうこと！　でもまぁ、これはこれで毎日楽しいんだ」
　坂原も、大変だったんだ。
　勝手に幸せな環境で育ったんだろう、とか思ってた自分がはずかしい。
「お姉ちゃんっ！　行こう！」
「あっ！　う、うん」
　柚ちゃんに引っぱられるまま、お風呂場へと向かった。

　——チャポン。
　湯舟(ゆぶね)に浸(つ)かり、柚ちゃんと話をする。
「お姉ちゃん！　お風呂出たら、モデルさんごっこしてくれる!?」
「モデルさんごっこ？　それはどうやってやるの？」
　そう聞くと、柚ちゃんはうれしそうに説明してくれた。
「かわいい服着て、こう……ポーズするの!!」
　バシャッと水しぶきを立てながら、柚ちゃんはポージングする。

ふふっ、なんか見てて癒やされるな。
あたしもこんな風に、誰かを真似て遊んだことがあったっけ。
「お姉ちゃんの髪、キレイ……」
「柚ちゃんの髪の方がキレイだよ。お人形さんみたい」
柚ちゃんの髪をなでると、柚ちゃんは急にうつむいた。
「ゆ、柚ちゃん!?」
あわてて柚ちゃんの顔をのぞきこむと、目に涙を溜めていた。
「……ぐすっ……会いたい……。ママに会いたい……」
柚ちゃんはそう言って、涙をこらえていた。
お母さん、出ていったって言ってたっけ。
小学校1年生って、6歳とかだよね。
末っ子で、一番甘えたい歳なのに、お母さんがいないのはどれだけさびしかったか……。
坂原も、他のふたりもそう。
ずっとつらい思いをしてきたのだろう。
ましてや、柚ちゃんは女の子だ。
男の子だらけの兄弟だから、女の子の遊びも、オシャレだってできなかったはず……。
「柚ちゃん……」
いてもたってもいられずに、柚ちゃんを抱きしめた。
あたしは気の利いた言葉も、優しい言葉も知らない。
それでも……。
「あたしね。つらいときは、こうやって抱きしめられると

安心できるって、最近気づいたの。人って、あったかいね」
　柚ちゃんは小さくうなずく。
「柚ちゃん。目を閉じたら、なにが見える？」
　あたしは柚ちゃんから離れて、両手で目を覆うような仕草をする。
「うーんと……」
　あたしにならうように、柚ちゃんも両手で目を押さえた。
「なにも見えないよ！」
　その言葉に、あたしはうなずく。
「この世界には、そんなまっ暗で、なにも見えない中で生きてる人もいるんだよ」
「え!?　本当に!?」
　そう言って目から手を離した柚ちゃんは、驚いたように目を見開いた。
「うん。柚ちゃんは、お兄ちゃんたちの顔とか、なにも見えなくなったら、どう思う？」
「嫌だ!!　さびしいもん……」
　悲しそうにうつむく柚ちゃんに、あたしは笑いかける。
「そう……。さびしいよね。だから、健康で、目も見えてる柚ちゃんは、とても幸せだと思わない？」
　その言葉に、柚ちゃんはうなずいた。
「柚ちゃんは健康に生まれてきて、なに不自由なく生きてる。これ以上に幸せなことってないと思うな」
　って……。
　あたしは小学生相手に、なに難しい話をしてるんだろう。

でも、柚ちゃんには大きくなったとき、あたしみたいに自分の人生を呪ってほしくなかったから。
「柚はすごい幸せなんだね!!」
　柚ちゃんがそう言ってあたしに見せた笑顔は、坂原の笑顔と似ていた。
　無邪気で、純粋な笑顔……。
　あたしは柚ちゃんの頭を優しくなでた。

「こら、翼！　ズボンはけ！」
　お風呂を出ると、走りまわる次男の翼くんを坂原が追いかけていた。
「お兄〜っ、おみそ汁こぼれた〜っ！」
　今度は三男の秋くんが問題を起こしたようだ。
「ちょっと待ってろ!!」
　今度は秋くんのところへと走る。
　そんな坂原を見つめて、柚ちゃんと笑い合った。
「翼くん、ズボン脱いだまま走ったら風邪引いちゃうよ？　ほら、はいて？」
　翼くんの頭をなでてズボンを渡す。
　そうすると、翼くんは驚いたように目を見開いた。
「……お母さんみたい」
　ガバッ！
「……わっ!!」
　そして、いきなり抱きついてきた。
「つ、翼くん!?」

驚いて声をあげると、坂原があわてて駆けつけてきた。
「……翼？」
　しがみつくようにあたしに抱きつく翼くんを、坂原は驚いたように見つめていた。
「僕も〜っ!!」
　ガバッ！
　続いて、秋くんも抱きついてくる。
　その勢いに耐えきれず、あたしはうしろに倒れてしまった。
　３人で寝っころがるような形になる。
「いい匂い〜っ!!」
　秋くんはあたしに抱きつきながら笑っている。
　兄弟……。
　本当だったら、あたしと望もこんな風に……。
　妹の望の姿が頭をよぎる。
「……漣？」
　いきなり黙ったあたしを、坂原は心配そうな顔で見おろした。
　望……あたしを恨んでるよね？
　あなたからすべてを奪ったあたしを……。
「漣!!」
　名前を呼ばれて我に返ると、坂原が膝をついてあたしの顔をのぞきこんでいた。
「……あ……ごめん」
　そう言うと、坂原はあたしの頭をワシャワシャとなでた。
「坂原!?」

「ヘンな顔してるから!!」
　坂原はさびしそうに笑う。
「話せるようになったらでいいから……」
　今度は軽く、あたしの頭をなでた。
「あ……」
　坂原は……あたしがなにかに悩んでいること、気づいてたんだね。
　あたしはなにも言わずに笑顔を返した。
「お姉ちゃん？」
　柚ちゃんが不思議そうに首を傾げて、あたしの顔をのぞきこむ。
　「おいで」と言うと、柚ちゃんは抱きついてきた。
　そのまま３人まとめて抱きしめる。
「わあっ!!」
「「お姉ちゃん、苦し〜っ！」」
「ふふっ……」
　自然に笑えている自分には驚いたけど、それ以上にうれしかった。
　あたたかい……。
　きっと、こういうのを家族というのだろう。
「お兄も来い!!」
　翼くんが膝立ちしていた坂原の腕を引っぱる。
「うおっ!?」
　油断していた坂原は、そのままあたしたちの上に倒れこむ。
「……さ、坂原……」

「悪い！　漣‼」
　坂原はあたしたち4人を抱きしめるように覆いかぶさっている。
「お兄、顔まっ赤」
　秋くんがボソリとつぶやく。
「秋っ！　お前っ‼」
　顔をまっ赤にしながら、坂原は秋くんのほっぺをつまんだ。
「いあいお、おいいっ〜‼」
　そんな秋くんを見て、翼くんと柚ちゃんは笑っていた。
　お母さんがいなくても、坂原たちはこうやって支え合ってきたんだね。
　そんな坂原たちを見て、あたしも小さく笑った。
「漣！　今日、泊まってく？」
　その言葉にあたしは驚いて目を見開く。
　あたしの聞きちがいじゃなかったら、「今日泊まってく？」って……。
　え、どういうこと？
「……あ！　ヘンな意味じゃなくて‼　もう遅いし、暗いから危ないし……」
　そう言って、坂原は後頭部をかく。
　まぁ、ふたりきりってわけじゃないからね。
　お母さんたちも、あたしが1日帰らないくらいで心配なんてしないだろうし、まっ暗な夜の道をひとりで歩く自信もないから、ここは素直に甘えさせてもらおう。
「そうさせてください」

あたしの言葉に、坂原はホッとしたように笑った。
「部屋、案内するよ」
こうしてあたしは、坂原の家に泊まることになった。

chapter three

命

【幸side】
　――ガチャン。
「ただいま……」
　次の日、あたしは生まれてはじめて朝帰りをした。
　今日は体育があるから学校に行かなきゃだし、制服がないと困るから、一度家に帰ることにした。
　坂原は送るって言ってくれたけど、兄弟たちの世話もある。
　だから、ひとりで帰ってきた。
「…………」
　家に入っても話し声すらしない。坂原の家みたいな明るさが、この家にはない。
　やっぱり、あたしのことなんて心配してないんだ。
　あたしは自分の部屋に行って制服に着替えた。
　今日は早めに出よう。
　まだ朝の6時半だけど、図書室に行って本でも読もう。
　あたしはいつもより早めに出て、学校へ向かった。

　図書室へ来ると、扉が開いていた。先客がいるようだ。
　中をのぞくと、見知った姿があった。
　あれは、たしか……委員長の鮎沢さん。
　図書室にいるところは、はじめて見た。
　――ドンッ。

あたしは無言で図書室に入り、なんとなく鮎沢さんの隣の机にカバンを置いた。
「さ、漣さん!?」
　本に夢中になっていたのか、あたしの存在にたった今気づいたようだ。
「おはようございます」
　そう言って頭をさげてくる。
　同学年なのに敬語……?
「……おはよう」
　とまどいながらもあいさつを返すと、うれしそうに笑った。
　なんで、そんなにうれしそうなんだろう……。
　ただ、あいさつを返しただけなのに。
　そのあとは、お互い無言で本を読んでいた。
　ただのクラスメイトってだけだし、ここへは本を読みにきたのだから話す必要はない。

　——キーンコーン、カーンコーン。
　チャイムが鳴り、時計を見あげると、朝のＨＲが始まる時間だった。
「あれ……?」
　鮎沢さんを見ると、まだ読書している。
　教室……戻らないのかな?
「鮎沢さん?」
「はい」
　声をかけると、鮎沢さんは本から顔をあげた。

「教室……戻らないの？」
　そう言うと、鮎沢さんは困惑したようにうつむいた。
　どうしたんだろう……？
　あたしが不思議そうにしてるのに気づいて、鮎沢さんは急いで立ちあがった。
「ご、ごめんなさい！　チャイムにき、気づかなくて!!」
　あきらかにとまどっている。
　鮎沢さんは本を片手に図書室を飛びだしていった。
　なんだろう……。不思議な人。
　チャイムに気づかないって……。
「あれ？」
　鮎沢さんが座っていた席に、丸められた紙が転がっている。
「これは……？」
　——ガサガサッ。
　紙を広げると、そこには鮎沢さんの似顔絵が描いてあった。
"ブス"
"陰気女"
"死ね"
　そして、目を背けたくなるような中傷ばかりが書かれていた。
「……なに……これ……」
　一瞬でイジメだとわかった。
　あのときの困惑した顔。
　教室に行きたくなかったからじゃ……。
　そういえば、鮎沢さんはよく、委員長だからってクラス

メイトに雑用を押しつけられていた。
　あれも、今思えばおかしな話だ。
「……バカみたい」
　こんなことして……バカバカしい。
　あたしはその紙を、ごみ箱に捨てた。
　──ガラガラガラ！
「おはよう、漣!!」
　そう言って入ってきたのは、坂原だった。
「おはよう」
　それだけ言って、本に視線を戻すと。
　ツンツ。
「なっ!?」
　ふいにおでこを突かれ、わけがわからず瞬きを繰り返す。
「眉間にシワ寄ってたから」
　坂原はニッと笑ってあたしの隣に腰をおろした。
「なんかあった？」
　その言葉に、イジメのことを話そうか迷っていると、坂原はあたしの頭に手を置いた。
「話せたらでいい。でも、相談できるならして？　ひとりで悩むくらいなら、俺に話して」
「坂原……」
　坂原なら、力になってくれるかもしれない。
　そう思って、あたしは坂原に鮎沢さんの話をした。

「……鮎沢さんか。あの静かな子だよな！　わかった!!

俺もしばらく鮎沢さんのこと見てるよ」
「……ありがとう。本当、バカバカしいね。人のこと傷つけて……」
　そんな人間ばっかり、健康に生まれてきて、幸せな環境で生きている。
　心にも体にも余裕があるのに、どうしてこう、ひねくれるのか。
　あたしには、理解できない。
　どうして、不必要に人を傷つけるんだろう……。
「本当だな。鮎沢のことは、俺たちにできることをやろう。俺も、そっちのクラスに顔出すからさ！」
「ひとりで……。ひとりで、闘ってたのかな……？」
　なんとなく、そう思った。
　誰にも言わずに、自分の弱いところを見られないように必死に隠して……。
　そう思ったら、自分のことみたいに胸が締めつけられた。
　あたしと似ている。
　イジメと闘う鮎沢さん。病気と闘うあたし。
「鮎沢さんもあたしも……お互いにひとりだった」
　でも今は、坂原がいる。
　ひとりじゃない。
「あたしには、坂原がいるから……」
　少しはずかしかったけど、そう伝えた。
　すると坂原は、口をパクパクと動かして、照れながら驚く、という器用な表情をしていた。

「あ、えっ……!?」
　坂原は照れ屋だと思う。
「とりあえず、落ちついて」
　はずかしいのは、あたしなのに……。
　鮎沢さんにも、あたしにとっての坂原のような、支えてくれる誰かがいてくれるといいんだけど……。
　――キーンコーン、カーンコーン。
「げっ!　もう終わり!?　次は出ねぇーと!」
　チャイムが鳴り、坂原はあわてて立ちあがる。
「あたしも行く」
　次は単位の心配はない授業だけど、鮎沢さんのことが心配だった。
「了解(りょうかい)!!　一緒に行こ!」
　坂原にはお見通しだったのか、優しい眼差しであたしを見つめていた。
「……うん」
　それがなんだかはずかしくて、思わず目をそらした。
　それを気にするでもなく、あたしの手を引く坂原。
「わっ!?　……痛っ!!」
　手を引かれて一歩前に出ると、目に激痛が走った。
「漣!?」
　目を押さえてしゃがみこみそうになるあたしを、坂原が支えてくれた。
「ごめ……。今なんか反射して……」
　光が目に当たった。それが痛みの原因だと思う。

「……痛い？」
　不安そうな声。
　あたしはできるだけ安心させるように笑った。
「少しだけ。でも、大丈夫だよ」
「もう少し休んでいこう？」
　その言葉に首を横に振る。
「大丈夫。行こう」
　あたしが立ちあがると、坂原はなにも言わず手を引いてくれた。
「……ありがとう」
「俺が好きでやってんだから、お礼なんていいの！」
　その言葉に頬がゆるむ。
　目の痛みは、もうだいぶやわらいでいた。

　——ガラガラガラ。
　坂原と別れて教室に入ると、クラス中の人間がいっせいにこちらを見た。
　異常なまでに静まり返っている。
　どうしたんだろう？
「漣さんか……」
　誰かがそう言うと、みんな興味をなくしたようにあたしから視線を外した。
「ねぇ、なにかあったの？」
　近くの席に座っていた女子にそうたずねると、苦笑いを浮かべた。

「なんかさ、姫島さんのグループと、鮎沢さんがモメたんだよね。それで、鮎沢さんが泣きだして、走って教室出てっちゃったの」
「そう……。ありがとう」
　そうか、あの紙、姫島さんたちがやったのかも。
　そんなの、絶対許せない。
　今も鮎沢さんはひとりで苦しんでるのに……。
　いてもたってもいられず、姫島さんの席の前に立つと、姫島さんは驚いたようにあたしを見あげた。
「なに？」
　不機嫌そうにあたしをにらみつける。
「なんでケンカになったの？」
「ケンカ？　売ってきたの、あっちだからね。もう笑えるわよ。あたしは豚じゃない!!だってさ！　キャハハッ！」
　姫島グループの女子たちがいっせいに笑いだす。
「しかもさ、死ぬとか言ってー。無理に決まってんじゃん」
「あのビビリにはできないっしょ」
　姫島グループを見て、周りの子たちは困ったような顔をしている。
　他のみんなはそう思っていないんだ。
「どうかな。あたしは鮎沢さん、本当に死んじゃうと思うよ」
　今朝、図書室で会ったときの鮎沢さん、どこかすべてあきらめたような顔をして、うつむいてた。
　本当に、本当に鮎沢さんが死んじゃうかもしれない……。

でも、この人たちはそれをわかってないで平気で傷つける。
　それが許せない!!
「は?」
　あたしの言葉に、姫島さんは不機嫌そうに声をあげた。
「姫島さんたちにイジメられても、我慢して学校来てた鮎沢さんが、死ぬって言ってるんだよ?　人間って、限界越えるとさ、なにしでかすかわからないからね」
　そう言ってあたしは教室を出た。
　鮎沢さん……。
　どこへ行ったんだろう。
　お願い、無事でいて。
　死んだりしないで!!
「おい!　あれ、鮎沢じゃね!?」
「なんで、あんなところにいんだよ!?」
　その言葉に、あわてて教室へ戻る。
　みんながのぞいている窓を、背伸びして見ると……。
「嘘……」
　屋上のフェンスの向こうに立つ、鮎沢さんの姿があった。
　あたしはあわてて教室を飛びだした。

　——バタンッ!
「鮎沢さん!!」
　屋上へ出ると、今にも飛びおりようとしている鮎沢さんの姿があった。
　腰の高さまでしかないフェンスの仕切りは、女子でも簡

単に乗りこえられてしまう。
　鮎沢さんは、その仕切りの向こうの、人ひとり立つのがやっとの場所にいた。
「鮎沢!?」
　うしろから聞こえた声に振り向くと、息を切らした坂原がいた。
「坂原!!」
　坂原も、鮎沢さんに気づいたんだ！
「こ、来ないで!!」
　近づこうとすると、鮎沢さんは涙を流して叫んだ。
　思わず立ちどまる。
「私のことは、ほっといてください!!」
『あたしのことはほっといて!!』
　あのとき……川原の土手で坂原があたしに近づいてきたときのことを思い出す。
　『どうしてそんなつらい顔をしてるんだよ』って、隠していた弱い心を見抜かれたとき、あたしも同じことを思った。
　もう他人と関わりたくない。
　どうしてほっといてくれないの？って。
「私の苦しみなんて、誰にもわからない!!　みんな見て見ぬふりなの。誰も助けてくれない……」
　そう……。
　誰にもわからない。
　あたしのつらさなんて……。
「私……もう限界なんです……。だから消えます」

そう言って鮎沢さんは、両手を広げた。
「……死ぬの？」
　あたしの言葉に、鮎沢さんは振り返った。
「そんな理由で……死ぬの？」
　そう言うと、鮎沢さんは怒ったようにあたしをにらみつける。
「そんなこと……？　漣さんに、なにがわかるのよ!!　幸せな人に、なにがっ……」
『幸せな人に』か……。
　あたしも坂原とはじめて出会ったとき、こんなお気楽でいられるのは、幸せな家庭で育ったからだって決めつけて、自分だけがつらいんだって思ってた。
「なら、ちょうだい？　鮎沢さんの目」
　あたしは鮎沢さんに向かって叫んだ。
「……え……？」
　困惑したように、あたしを見つめる鮎沢さん。
「あたしね、隠してたけど、目の病気なの!!　太陽の光はまぶしすぎるし、夜は暗すぎてなにも見えない。夜が来るたび、このまま見えなくなるんじゃないかって怖かった!!」
　明るく、笑顔で叫ぶ。
　無理やり笑顔を作って、泣いてしまわないように……。
「え……？」
　鮎沢さんの驚きの声が聞こえる。
「漣……」
　うしろにいた坂原が、あたしの背に手を添えた。

そのことにあたしはすごく安堵して、泣きたくなる。
「本当ならね、もっとゆっくり進行する病気なのに、あたしはちがった。進行が他の人より早くて、今もあんまり見えてない。運ないよね、本当。これこそ不運だよ」
　そう言って笑い、あたしはフェンスに近づいた。
「でもさ、鮎沢さんはちがう。健康に生まれて、目だって見える、耳も聞こえる。五体満足でしょ？」
　ゆっくりと、鮎沢さんに届くように、優しく声をかける。
　鮎沢さんは動揺したように視線をさまよわせ、そして、ゆっくりとあたしを見つめた。
　あたしは両手で自分の目を覆った。
　とたんに、視界がまっ暗になる。
「目を閉じたら、なにが見える？」
「……え……？」
　目を両手で覆ったあたしに、困惑したような声が聞こえた。
「なにも……見えないと思います」
「そう……なにも見えない。まっ暗で、光もない。そんな世界で生きていくのと、今の鮎沢さん、どっちが幸せ？」
　自由に動きまわれない、大切な人と一生見つめ合うこともできなくなる。
　これ以上の絶望がどこにある？
「死んじゃうなら、ちょうだい？　あなたの目を……」
　そんなこと、できないのはわかってる。
　だけど、知ってほしい。
　あたしにとっては坂原がそうだったように、鮎沢さんの

ことを見ていてくれる人がいるってことを。
　少なくともあたしは、鮎沢さんのことを見てる!!
「イジメなんて無視すればいい。どうせ、高校だけの付き合いでしょ？　鮎沢さんはいつだって逃げられる。でも、あたしは……。病気から逃げることができない」
　どうやっても、なにをしても変わらない。
「この病気と、失明するかもしれない恐怖(きょうふ)と……ずっと一緒に生きていかなきゃいけない」
　運命共同体であるあたしの病気は、少しずつあたしの体を蝕(むしば)んでいく。
　あたしの世界を喰(く)らっていく。
「あたしが一番欲しいのは、健康な目。そのためなら、なんでもする。鮎沢さんはあたしの一番欲しいモノを持ってるのに、捨てるの？」
　そんなこと……絶対に許さない。
「ずるいよ……。鮎沢さんは幸せなのに。ずるいよ……」
　もう涙でなにも見えない。
　くやしくて、悲しくて、胸がいっぱいだった。
「簡単に捨てないで。ひとつしかないんだから……。それに、あなたはひとりじゃないでしょう？」
　あたしはフェンスによじ登り、鮎沢さんに向かって手を伸ばした。
　この手を取って……。
　どうか……その命を捨てないで……。
「……ふっ……ぐすっ……」

鮎沢さんは、泣きながらもあたしの手を取った。
「お帰り」
　そう言って笑うと、鮎沢さんは笑顔を返してくれた。
「漣！　鮎沢さん！　大丈夫か!?」
　坂原が駆けよってくる。
「大丈夫、ね？」
「はい……」
　鮎沢さんに同意を求めると、悲しそうにうつむいていた。
「鮎沢さん……？」
　名前を呼んでも首を振るだけで、なにも言わない。
「鮎沢さ……」
「ごめんなさい!!」
　あたしの言葉をさえぎって、鮎沢さんは頭をさげた。
「え？　なにが？」
　鮎沢さんは、ただただ頭をさげる。
　どうして謝られているのか、まったくわからない。
「漣さんのこと、傷つけました……」
　鮎沢さんはポロポロと涙を流していた。
　そっか、あたしを傷つけたって思ったから、泣いてたんだ。
　鮎沢さんって、優しい人なんだな……。
「……ありがとう。ありがとうね……」
　あたしは鮎沢さんを抱きしめた。
　ありがとう……。
　だけど、あたしなんかのために悲しまなくていい。
　傷つかなくていいのに……。

「ありがとうだなんて……。そんなこと言われる資格、私には……」
　そう言って、またうつむこうとしている鮎沢さんの頬を両手で包んだ。
「あたしを思って泣いてくれたから、ありがとうだよ」
　誰かにこうやって、素直に言葉を伝えられるようになったのは、坂原のおかげだ。
「私の方こそっ……ぐすっ……命をっ……助けっ……てくれて、ありがとうございますっ……」
　鮎沢さんは、泣きながらも笑顔を浮かべていた。
　坂原に視線を移すと、あたしに向かってニッと笑った。
　その笑顔につられて、あたしも笑った。
　この笑顔を……あたしはあと、どれくらい見つづけられるのだろう……。
　空を見あげる。
　今日が曇りでよかった。
　でなきゃ、坂原の笑った顔も見られなかった。
　雲が流れるように時間が過ぎる。
　それは、けっして変えることのできない理{ことわり}。
　いつか止まるかもしれない、あたしの時間。
　それまでに、あたしになにができるんだろう……。

太陽

【幸side】

　9月上旬。

　あっという間に夏休みが終わり、鮎沢さんの事件から1ヶ月ちょっとがたった。

　あたしたち3年生は、今月末の高校最後の体育祭に向けて、通し練習をしていた。

「位置について、よーい」

　あたしは、掛け声に合わせて次々に走っていく人たちを眺めていた。

「当日は曇ればいいんだけどねぇ……」

　保健の竹内先生が、うちわで扇いでくれる。

「そうですね……」

　本当、不便な目だな。

　太陽の光すらまぶしくて、夜はほぼ見えないなんて……。

　竹内先生もだけど、この学校のほとんどの先生が、あたしの目のことを知っている。

　本来なら盲学校に通うべきなのかもしれないけど……目が見えているうちから、障害者扱いをされたくなかった。

　でも結局……。

「あたしは障害者なんだ……」

　みんなと一緒にはなれない。

　今日だって、こうやって体育は日陰で見学せざるをえな

くなっている。
「漣さん、私、一度保健室に戻るわね。なにかあれば、体育の島谷先生に声かけるのよ」
「はい……」
　竹内先生はそう言って、あたしから離れた。
「漣～っ!!」
　遠くから坂原が走ってくる。片手を振りながら、笑顔で。
　体育祭の予行演習で、体育は3年全クラス合同だ。
「……ふふっ……」
　小さく笑って手を振ると、うれしそうに近づいてきた。
「ヒマそうだな！」
　坂原はそう言って、隣に腰をおろす。
「あたりまえでしょ」
　好きこのんで、こんなところに座っているわけではない。
　あたしだって……。
「…………」
　みんなみたいに自由に走りまわりたい。
　太陽の下を、普通に歩きたい。
　ポンッ。
「……わっ……坂原っ!?」
　頭に手をのせられ顔をあげると、笑顔を浮かべた坂原がいた。
「またひとりで抱えこんで……。頼れって言ったじゃん」
　優しく頭をなでてくれる。
　思わず泣きたくなった。

あたしはこんなに、涙もろい人間だったかな。
「……あたしも……」
「うん」
「あたしも……みんなと同じようになれたらなって……。思った……」
　その言葉に、坂原は目を見開く。
　困らせたかな。こんなこと言って……。
　フワッ。
「……え……？」
　頭からなにかがかけられる。
　よく見ると、坂原のジャージだった。
「しっかりかぶって！」
　これを、かぶるの……？
　疑問に思いつつも、坂原に言われるがまま、ジャージをちゃんと頭にかぶる。
「よしっ!!」
　グイッ。
「なにが、よし……わっ!?」
　あたしの言葉をさえぎって、坂原はあたしの腕を引いた。
　日陰を出て、太陽の光があたしを照らす。
　だけど、ジャージのおかげでまぶしくない。
「俺ら、借り物競走やりまーすっ!!」
　あたしの腕を引いて走る坂原。
　俺ら……？
　今、"俺ら"って言わなかった？

そう思ったけど、あたしはジャージを押さえて走るのに必死だった。
「坂原くん、漣さん!!」
　借り物競走の列には、鮎沢さんがいた。笑顔で手を振っている。
　鮎沢さん……前よりずっと元気になってる。
　今では、自分の気持ちをはっきりと言えるし、前向きになったように見える。
　あれから、鮎沢さんが本当に死ぬかもしれないと思った姫島さんグループは、最近おとなしくしている。
「おーっ、鮎沢さん！　俺ら、これやっていい!?」
「漣さんはもともと借り物競走だから、問題ないですよ！」
　鮎沢さんはあたしの手を引いて、ラインに並ばせた。
「あたしと坂原、クラスちがうけど……」
　それって、得点とか大丈夫なの？
「漣さん、この体育祭は学年対抗なので、得点は学年ごとの合算なんですよ。だから、大丈夫です」
　鮎沢さんはあたしの背中をポンッとたたき、そばを離れた。
「な、なにするの、坂原？」
「なにって……借り物競走に決まってんじゃん!!」
「位置について!!　よーい……」
　——パンッ！
　スタートの合図で、あたしたちは走りだした。
「きゃっ……ちょっ……いきなり走らないで!!」
　引っぱられながら、なんとか走る。

坂原がスポーツ万能というのは、本当だったようだ。
　あたしというハンデがありながらも速い。
「だって、急がないと負けちゃうでしょ!!」
　坂原の言葉どおり、あたしたちは爆走していた。
「1番着!!」
　坂原は、お題の入った箱をあたしに渡す。
「はぁっ……はぁっ……な……に……?」
　あたしは肩で息をしながら、坂原を見あげた。
「お題、漣が引いて!」
　急かす坂原に流されて、あわててクジを引く。
《好きな人》
「え……」
　お題のクジには、《好きな人》……そう書いてあった。
　これは……どうしろと?
　思わず坂原を見あげる。
　好きな人……。
　——ドキン。
　ど、どうしよう……。
　そんな人、いない……とは言えない自分がいた。
　お題の紙を見つめたまま固まるあたしを、坂原は不思議そうに見つめている。
「漣……?」
　そして、あたしの手にあるお題の紙をのぞきこんできた。
「「…………」」
　今度はふたりで無言になってしまった。

「……あ……の……」
　沈黙に耐えきれず声をかけると、坂原は真剣な顔つきでまだお題の紙を見つめていた。
「このまま行こう」
　やがてそう言うと、あたしの手を引き、走りだした。
「……はぁっ……はっ……」
　無言で坂原の背中を見つめる。
『このまま行こう』って……。
　どういう意味で言ったの……？
「お題を見せて～！」
　ゴールまであと数メートル。お題の確認ポイントに着いた。
「はい」
　坂原は迷わず紙を渡す。
　確認係の生徒は、あたしたちを交互に見てニヤッと笑った。
「うらやましいねぇ～。お幸せに！」
　そう言って見おくられた。
　お幸せに……か……。
　なんだか、いたたまれない。
　あたしと坂原は、べつに恋人とかそういうんじゃない。
　でも……。
『このまま行こう』、そう言ってあたしの手を引いた。
　坂原はあたしのこと、どう思ってこんなことをしたの？
　得点のため？
　それとも……。
　少しでも、あたしのことを想ってくれたのかな、なんて、

あたしの思いあがりかな……？

　結局あたしたちは、最後から2番目、3位でゴールした。
　最初は1位だったのに、あの沈黙のせいだ。
「連……な、なんかごめんな！」
　あたしに背中を見せたまま、そう言った坂原。
　それは……順位のこと？
　それとも……。
「え……あ、全然……」
　ぎこちない雰囲気の中、あたしは同時に幸せを感じていた。
『このまま行こう』
　その言葉の意味はわからないけど、それは相手があたしでもいい……そう言ってもらえた気がしてうれしかった。
　あたしは障害者だ。これは消せない事実。
　こんな風に手を引いてもらわなきゃ、坂原の隣を歩いていくこともできない。
　あたしが坂原の負担になってしまうなら……あたしに坂原を好きになる資格なんてない。
　あたしは、坂原になにかを背負わせてまで、幸せになりたいなんて思わない。
　だから……こんな小さな幸せだけで十分だ。

亀裂

【幸side】
　9月の体育祭を終え、季節はあっという間に冬の足音が近づく11月になっていた。
　学校が休みの土曜日、あたしはお母さんと病院に来ている。
　今日はお母さんと一緒に来るよう、言われていたのだ。
　体育祭では、坂原が手を引いてくれて、あたしは参加することができた。
　みんなと同じように体育祭に参加できてうれしかった。
　これも全部、坂原のおかげだ。
　そんな楽しい思い出に思いを馳せていると、「漣さん」と名前を呼ばれた。
「お母さんはここにいて。ひとりで大丈夫だから」
「そう……。わかったわ」
　あたしはお母さんにそう声をかけて、ひとりで診察室に向かった。
「失礼します」
「いらっしゃい。久しぶりだね」
　いつものように日比谷先生は、笑顔であたしを迎えてくれる。
「お久しぶりです」

　しばらく他愛もない話をしてから、検査が始まった。

「最近は変わったことはあったかな？」
　あたしと先生のふたりきりで、あたしが緊張しないようにするためか、検査をしながら、先生がたずねてくる。
「……はい」
　先生の問いに、ついに来たな、とあたしは覚悟を決めた。
　そう、あたしの視界は今や、筒をのぞくなんてものではなく、まるでドアのわずかなのぞき穴をのぞくようなものになっていた。
　高校３年生になった頃と比べても、格段に視野は狭まっていた。
　今感じていることを伝えると、先生の顔色が変わった。
「……な……んだって……？　ちょっと待っててね」
　そう言って先生は、あわてて診察室を出ていった。
「……大丈夫。きっと、大丈夫だよ……」
　診察室にひとり残されたあたしは、自分の体を抱きしめ、不安を押しこむように自分に言いきかせた。

　そのあと、もう一度検査をした。
　先ほどよりももっと詳しく目の状態を診るために、別の検査をすることになったんだ。
　検査から帰ると、診察室には、お母さんやお父さん、望がいた。
「……なんでここに……？」
　待合室には、お母さんひとりのはずなのに。
　みんなはあたしの言葉に首を傾げる。

お父さんと望も、呼ばれた理由がわからないようだった。
「お母さん、いいですね？」
　でもなぜか、先生はお母さんに同意を求めた。
　お母さんもなにかを決意するようにあたしを見つめると、静かにうなずいた。
「ずっと言えなくて、ごめんなさい」
「お母さん……？」
　どうして謝るの？
　急に不安に襲われた。
　バクバクと暴れだす心臓が、あたしを息苦しくさせる。
「幸ちゃん、家族のみなさん、お話があります」
　心臓が嫌な音を立てる。
「……幸さんの病気は、ものすごい勢いで進行しています。こんなに早く進むなんて……めったにありません」
「……っ!!」
　お母さんは口もとを押さえた。
　お父さんがその肩に手を置く。
「お姉ちゃんの目、どうなっちゃうの？」
　望の声も震えていて、あたしの不安はどんどん大きくなっていく。
「幸さんの目の視野狭窄（しやきょうさく）は、予想以上に進行しています。前にもお話ししましたが、視野狭窄は周りから少しずつ、視野が狭まっていきます。そうですね……今は５円玉の穴をのぞいているような感覚です。幸さんの場合、進行が早いので、完全失明の確率がきわめて高いでしょう……」

その瞬間、頭がまっ白になった。
　遠くで、お母さんの泣き声が聞こえる。
　お父さんはくやしそうに拳を握りしめていた。
　あたしのことが大嫌いなはずの望が泣いている。
　なのにあたしは……。
　涙が出なかった。
　悲しいなんて思わなかった。
「幸ちゃん……」
「……はい」
　先生は真剣な瞳であたしを見つめる。そして、あたしの肩に手を置いた。
「受けとめなきゃダメだよ。目が見えなくても、生きてさえいれば絶対にいいことがある。だから……」
　先生の言葉が、頭に入ってこない。
　気が遠くなるようだった。

　　――ボスッ。
「…………」
　自分の部屋のベッドに寝っころがる。
　ここまでどうやって帰ってきたのかわからない。
　帰る頃には、すっかり日も暮れていた。
"完全失明"
　ただ、その言葉だけが頭の中を巡る。
「あ……ぁ……い、嫌……」
　怖い。怖い。怖い。怖い。

なにも……見えなくなる……。
　　全部……失う……。
「嫌あぁぁぁぁぁっ!!」
　　気づいたら叫んでいた。
「さ、幸!?」
　　あたしの声を聞いたみんなが、あたしの部屋に飛びこんできた。
　　暴れまわるあたしを、お母さんが抱きしめる。
　　──バシッ!
「……っ……」
　　あたしの手が、お母さんの頬に当たった。
「……うぁ……嫌ぁっ!!」
　　──ガシャンッ!
　　棚の上に置いてあった写真立てが床に落ちた。
　　その反動で、ガラス部分に亀裂が入る。
　　その写真立てを、望は抱きしめて泣いていた。
「やめろ!!　落ちつくんだ、幸!!」
　　お父さんはあたしの体を押さえつけた。
　　お母さんはそれを見て泣きくずれる。
　　すべてが……壊れた瞬間だった。

「…………」
　　どれくらい時間がたったのだろう。
　　目を覚ますと、体中に切り傷やアザができていた。
　　開いているカーテンの隙間から、光が差しこんでいる。

どうやら、昨日はあれから眠ってしまったらしい。
ボーッと天井を見あげる。
「……これ……」
亀裂の入った写真立てが、棚の上に戻されている。
あたしはその写真立てを手に取った。
「……ふっ……うぅっ……」
涙が流れた。
その亀裂を指でなぞる。
もう……終わりだ。
あたしにはなにも残っていない。
家族も、夢も、未来も……。
すべて奪われた……。
神様なんて信じない。
あたしからすべてを奪う、あなたなんか……。
あたしは病院でもらった睡眠薬を、水も飲まずに何粒も飲みこむ。
そして、ある決意をして部屋を飛びだした。

「…………」
家を出て、行き先も決めずに歩く。
昼だからか、太陽の光が強く、あたしの視界を奪う。
——ドンッ！
「……っ」
「気をつけろよ！」
誰かにぶつかってしまったらしく、怒鳴り声が聞こえた。

人なんて見えなかった。
　　　さっきだって、何度もつまずいた。
　　　あたし、本当に失明するんだ……。
　　　気づいたら坂原の家の前に来ていた。
「……あたし……なにやってるんだろう……」
　　　嘲(あざけ)るように自分を笑う。
　　　坂原に会いにきて、どうするの？
「バカだなぁ……あたし……」
　　　踵を返して歩きだす。
「お姉ちゃんっ!!」
　　　そのとき、うしろから誰かに抱きつかれた。
　　　あわてて振り返ると、柚ちゃんがいた。
　　　でも、柚ちゃんの顔さえ、はっきり見えない。
　　　あぁ、大切な人の顔も見えなくなって、いつか忘れていくのかな……？
　　　そう想像したら、とてつもない絶望感に襲われた。
「柚ちゃん……」
　　　あたしは柚ちゃんに向きなおり、屈んで目線を合わせる。
「柚ちゃん、ごめんね……。柚ちゃんに幸せがどうとか、えらそうに言ったくせに、お姉ちゃん……もう……」
　　　涙が出そうだ。
　　　あたしには……鮎沢さんに命がどうとか言う資格も、柚ちゃんに幸せがどうとか言う資格もない。
　　　あたしはこれから、逃げるのだから……。
　　　この世界からも、病気からも、運命からも……。

「お姉ちゃん？」
　不思議そうにあたしを見あげる柚ちゃんの頭を、優しくなでる。
「柚ちゃん……バイバイ……」
　そのままあたしは走りだした。柚ちゃんの顔も見ずに。

「はぁっ……はぁっ……っ……」
　全力で走った。
　これ以上、呼吸ができないんじゃないかと思うくらい、全力で。
「……はぁっ……はぁ……」
　乱れた呼吸を整える。
　目の前に広がるのは、いつか坂原と来た川原だった。
　靴を脱ぐ。
　迷わず川原へ向かって歩いた。
　——チャポン。
　足にひんやりとした冷たさを感じる。
　その冷たさが心地いい。
　——バシャ……バシャ。
　無心で前に進んだ。
　だんだん深くなっていく。
　迷いはなかった。
　朝に飲んだ睡眠薬が今頃効いてきたのか、頭がボーッとする。
「漣————っ!!」

遠くから、あたしの名前を呼ぶ声がする。
　でも、関係ない。
　あたしは、ただ進めばいいんだから……。
　——バシャ……バシャ……。
　川の水がついに喉のあたりまで来た。
　さらに深い方へと進み……。
　——バシャンッ。
　あたしの体は、川の中へと沈んでいった。
　——コポ……。
「…………」
　川の中は静かだった。
　流れもなくおだやかで、ここだけ時間が止まっているのではないかと錯覚するほどに……。
　目を閉じる。
　ここであたしは死ぬんだ。
　苦しいっ……。
　あぁ、でもやっと、この苦しみから解放されるんだ。
　意識がとぎれそうになる。
　最後に、坂原の顔……見たかったな……。
　——バシャンッ！
　すると突然、静かだった川の中が騒がしくなった。
　とぎれかけた意識を必死に保ち、目を開ける。
　……坂原……？
　そこには、いるはずのない坂原の姿があった。
　必死にあたしに手を伸ばしている。

あぁ、そうか。
これは、あたしが坂原に会いたいって思ったから、神様が見せてくれた幻なのかもしれない。
あたしも手を伸ばした。
最後に……。
一番大好きな人に触れたかった。
坂原の指先と、あたしの指先が軽く触れ合った。
さよなら……坂原……。
本当に、坂原のこと……大好きだったよ……。
そこであたしの意識はとぎれた。

chapter four

喪失

【幸side】
「……ん……」
　ゆっくりと目を覚ます。
　すると、見覚えのない天井が視界を占領した。
「ここは……」
　目を開けると、白い天井のようなものが見えた。
　見えにくい……。
　あたし、目が悪かったんだっけ？
　それに、ここはどこ……？
　上半身を起こすと、右手に違和感を感じた。
　見ると、知らない男の子が眠ったまま、あたしの手を握っている。
「あ、あなた、誰!?」
　あわてて手を離すと、男の子が目を覚ました。
「……ん……漣!?　目が覚めたのか!?」
　男の子はあたしを見て驚いている。
　いったい、なんなんだろう……。
　この人は誰なの？
　ここはどこ？
　わからないことばかりだ。
「幸!?　目が覚めたのね!!」
　今度は、知らない女性があたしに抱きついてきた。

気づけばあたしの周りには、知らない人たちが集まっていた。
「よかった。漣さん、目が覚めたんですね」
　そう言って白衣の男性が、笑顔を向けてきた。
　そこでようやく、ここが病院だと気づく。
　でも、どうして病院なんかに……。
「あ、あの、先生？　あたしはどうしてここにいるんですか？」
　あたしの言葉に、その場にいた全員が目を見開く。
「覚えてないのか!?」
　男の子の言葉に、あたしはうなずいた。
「これは……」
　そう言って先生は、難しい顔をした。
　――ドクン。
　心臓が嫌な音を立てる。
「怖い……。なにも言わないで……」
　そう言ってあたしは耳を押さえた。
　体の震えが止まらない。怖い……。
　この感じ、前にも感じたことがあるような……。
　でも、なんだったかまったく思い出せない。
「漣‼」
「……っ！」
　漣……？
　そうだ、あたしの名前……漣、幸だった。
　そんなことを考えていると、男の子があたしを抱きしめる。

あたしは男の子にしがみついた。
　不思議……この人に抱きしめられると、安心する。
　知らないはずなのに。
　本当に……知らない人なのかな？
　さっきまで、冷たくて暗い場所にいたはずなのに、今はこんなにも温かい。
　あれ……？
　この温かさを、あたしは知っている。
「大丈夫だ……」
　しがみつくあたしの頭を、男の子は優しくなでた。
　やっぱり、ものすごく安心できる。
「幸……なにも覚えていないの？」
　今度は、女性があたしの腕に触れた。
「あの……誰ですか……？」
　突然知らない人に触れられたからか、体が震える。
「幸……？　なに言って……お母さんよ！　わからないの!?」
　泣きそうになりながら、女性はあたしの肩を揺する。
　知らない女の人にさわられて、怖くなる。
　それと同時に、この人の泣き声を聞きたくないと強く思った。
「い、嫌!!　知らないっ……知らない!!」
　あたしは女性を突きとばした。
　すると、その人は両手で顔を覆い、泣きだした。
　それを、男性と女の子が抱きしめる。
　ズキン。

なに……？
　心臓と頭が痛い。
　とてつもなく悲しい気持ちになる。
「な……なんなの……？　なんだっていうの？」
　わからない。
　わからないよ……。
「あなたの名前はなんですか？」
　先生は、あたしと目線を合わせるようにして屈んだ。
　名前？
　あたしの名前は……。
「漣幸です」
　どうしてそんなこと聞くの？
「ここにいる人たちの中に、知らない人はいますか？」
　そんなの……知らない人ばっかりだよ。
　あたしはここにいる人たち全員、知らない。
「全員知らない」
　あたしの言葉に、その場の全員が息をのんだのがわかった。
「やっぱり……。まちがいなさそうですね」
　先生が立ちあがる。
「ご家族のみなさん、お話があります。別室に移動していただいてもよろしいでしょうか」
　先生はそう言って、扉を開いた。
　家族……？
　ここにいる人たちは、あたしの家族なの？
　それじゃあ、さっきあたしの肩を揺すった女の人は……。

「……はい」
　答えない女性のかわりに、男性が答えた。
　病室からみんな出ていき、部屋には、あたしと男の子のふたりだけになる。
「漣……。俺のこと……忘れちゃったの？」
　目の前の男の子は、とても傷ついた瞳であたしを見つめている。
　ズキン……ズキン……。
　そんな目で見ないで。
　あなたのそんな顔、見たくない……。
　どうしてだろう。
　知らない人のはずなのに、この人には傷ついてほしくないと思った。
　もしかして、あたしにとってこの人は、大切な人だった……？
「漣……。どうして……」
　そう言って、あたしをもう一度抱きしめる。
　その腕は震えていた。

　しばらくして、先ほど出ていった人たちが帰ってきた。
「……坂原くん……だったね」
　そう言って男性が会釈する。
『坂原くん』と呼ばれた男の子も、軽く頭をさげた。
「話があるんだ。今、いいかな？」
　男性の言葉に男の子はうなずいた。

離れていく男の子の手を、あたしは無意識につかんでいた。
「……漣!?」
　自分でも、なぜこんなことをしているのかわからない。
　でも、とにかく不安だった。
「大丈夫だ。すぐ戻ってくるから」
　あたしの気持ちを知ってか知らずか……落ちつかせるように頭をなでると、彼は部屋を出ていった。

絆
きずな

【幸side】
　1週間後、記憶を失っていることをのぞけば、他に外傷もなかったからか、すぐに退院できた。
　退院当日、あたしは家族と一緒に家に帰ってきた。
　自分の家と言われても、こんな家は見たことがないし、この人たちも知らない。
　あたしは、まだなにか大事なことを思い出せていないみたい。
「お姉ちゃんの部屋、こっちだよ」
　そう言ってあたしの手を引くのは、たしか妹の……。
　名前を思い出そうとしても出てこない。
　さっき聞いたのにな。
「望だよ。本当に覚えてないんだね……」
　そんなあたしに気づいてか、名前を教えてくれた。
　妹の……望は、苦笑いを浮かべている。
　あたしと話すのも、なぜかぎこちない。
「あ、えっと……望……」
　名前を呼ぶと、望は目を見開いた。
「あ……ごめん。名前を呼ばれるのは久しぶりだったから」
「え……？」
　姉妹なのに名前すら呼び合わないなんて……。
「あたしたち、仲悪かったの？」

そう聞くと、望は曖昧な顔をした。
「悪いというか……。いや、悪かったんだけど、仕方なかったんだ。お姉ちゃんはなにも悪くないよ」
　望はそう言って笑う。
　どういう意味なのか、あたしにはまったくわからなかった。
　あたしは"心的外傷後ストレス障害"らしい。
　生命が脅かされたりしたあとや、心に傷を負ったときになる障害だって先生から聞いた。
　すべての記憶がないわけじゃないけど、ショックを受けた原因である一部分だけが、抜けおちたみたいになくなる記憶喪失かもしれないと言っていた。
　あたしは、なにを忘れちゃったんだろう。
　心が壊れてしまうほどの出来事が、あたしにはあったってこと……？
　でも、はっきりとはわからないけど、思い出そうとすると、とてつもなく不安になった。
　――ガチャン。
「ここだよ」
　望に促されて、中へと入る。
　そこは、まっ暗だった。
「なんで、こんなにカーテンを閉めきってるの？」
　夕方とはいえ、ここまで閉めきることはないんじゃ……。
　あたしはカーテンを開けようとする。
　でも、そのとき……。
　ダメ……光はダメなんだ。

あたしじゃない誰かが、頭の中でそう言った。
光……どうしてだろう。なにか理由があったはずだった。
だって……。
ズキン。
「痛っ……」
急激な痛みが襲い、目を押さえてしゃがみこむ。
「どうしたの!?」
望があわてて駆けよってくる。
「い、痛いの……っ……」
あたし、なんで光がダメなんだっけ。
たしか……。
「目が……」
そう、目が……。
「目がどうしたの!?」
望はあわてて、あたしの顔をのぞきこむ。
「あたし……目が悪かった。だから、光は……光はダメなんだ」
あたしの言葉に、望は目を見開く。
そして、ばつが悪そうに眉間にシワを寄せた。
「…………」
あたし、どうしてこんな大事なことを忘れてたんだろう。
望はなにも言わずにうつむいている。
なんで、なにも言わないの？
もしかして、言いたくないことなのかな……？
「本当に知りたいの？　忘れたってことは、忘れたいくら

い嫌なことだったってことじゃん。それなのに、思い出したいの？」

望は悲しそうな顔をしていた。
「……でも……。思い出さなきゃ……いけない気がするの。忘れたままじゃいけない。もしそれが、忘れたくて忘れたことだとしても……受けとめなきゃ……」

正直、今はそう言うしかない。

忘れた理由を知るのも怖いけど、なにも知らない方が、もっと怖い。

あの男の子の傷ついた顔、家族のことも、大事なことを忘れたままではいけない気がした。

思い出すことは怖いけど、それ以上に、自分の弱さから逃げて生きていくなんて、誰も幸せになれないと思うから。
「……そうだよ。お姉ちゃんは目の病気だった。光は病気の進行を早めるからって、光を避けてた」

それだけ言うと、望はあたしの手を取った。
「あたしは……お姉ちゃんに思い出してほしくない。だから、ここまでしか言えない……ごめん……」

そう言って部屋を飛びだした望。

部屋にはあたしだけが取りのこされた。
「あたし……なにを忘れちゃったの……？」

あたしが思い出すこと……それを、家族のみんなは望んでいないの？

ふと部屋を見わたすと、机の上には積みかさねられた本がたくさんあった。

立ちあがって、その中の1冊を開く。
それは、英語で書かれた本だった。
「英語の本……どうして、あたし……」
あ……たしか、英語の勉強をしていたんだ。
でも、どうして英語の勉強を……？
「通……訳……。そうだ、通訳になりたかったんだ」
そう言って苦笑いを浮かべる。
でももう、それも意味ない……？
「意味ない？ あたしは今も、英語の勉強をしていたんじゃないの？ どうしてそう思ったんだろう……」
自分自身に問いかけても、返事は返ってこない。
——ガシッ。
「あ……」
本を棚に戻そうとしたら、肘がなにかに当たった。
「……写真？」
写真立てだ。ちょうど伏せた状態で倒れている。
それを手に取ると……。
「あたしだ……」
それは、この家の人たちとあたしが一緒に写っている写真だった。
でも……。
「亀裂……？」
その写真立てには、なぜか亀裂が入っていた。
その亀裂を指でなぞる。
ズキン。

「痛っ。あれ？　こんなこと、前もやったような……」
　それに、この亀裂……。
　見覚えがある。
「はぁ……」
　でも、どうしても思い出せないんだ。
　頭が痛くなってきたので、休むことにした。
　ベッドに横になり、ゆっくりと目を閉じた。
「……大丈夫……。大丈夫だよ……」
　そう自分に言いきかせる。
　この言葉は、あたしにとって魔法(まほう)の言葉だ。
　そう、あたしは誰かに……いつもそう言って救われていた。
　思い出せないけれど、その人のことが……好きだった気がする。
　あたしはそのまま、深い眠りに落ちていた。

「……んっ……ふあぁ……」
　目を覚ますと、まっ暗だった。
　時計を見ると、午前7時。まだ朝なのに……。
　この感じが、妙(みょう)になつかしい。
　着替えて下におりると、いい匂いがした。
　——ガチャン。
「おはようございます」
　リビングに入ると、みんながいっせいにあたしを見て固まった。
　え……なに……？

「あ、お、おはよう、幸。早く座って！　ご飯できてるから」
　お母さんは驚きとうれしさが混じったような顔をしている。
「幸、体調は大丈夫か？」
　お父さんは、読んでいた新聞を閉じて、あたしの隣に座る。
「お姉ちゃん！　ご飯はどれくらい食べる？」
　しゃもじを振りながら、望がたずねてきた。
「あ、えっと……少しだけ」
「いっぱい食べなきゃダメよ。幸は小さいんだから」
　お母さんはうれしそうに笑っている。
　お母さんだけじゃない、お父さんも望もだ。
　なんだろう、この違和感は。
　まるで、今までずっと離れ離れだった家族みたい。
　再会を喜んでいるような……。
「いただきます」
　家族みんなで食べたご飯は、とてもおいしかった。
　なにより、みんなが楽しそうだったから。

　――ジャー。
　朝食を食べおえると、お父さんは仕事に行き、望はちょっとコンビニ行ってくる、と元気に出かけていった。
　それを見おくってから、お母さんの洗い物の手伝いをしていると、ふいにお母さんが手を止めた。
「お母さん？」
　泡のついた手も拭かずに、あたしに向きなおる。

「幸……。記憶、まだ取りもどしたいって思ってる？」
　お母さん……。
　その言い方だと、お母さんはあたしに思い出してほしくないのかな？
　でもあたしは、大事なことを忘れたまま生きていくなんて、できないと思うから……。
　その言葉に無言でうなずく。
「私は、思い出してほしくないわ。あなたが傷つくことを知ってるんだもの」
「…………」
　望と同じことを言っている。
　あたしが傷つくこと……それってなんなの……？
「あなたが傷つくくらいなら、私たちのことは忘れられていてもかまわないわ。これから作っていけばいいのだから」
　お母さんの言ってることが、半分理解できて、半分理解できない。
　どうして思い出させたくないんだろう。
　どうして……？
　まさか、目のことと関係があるんじゃ……。
「あたしの目……と……関係があるんですか？」
　まだ普通に家族のように話すことに慣れていないからだと思うけど、お母さんに対しては敬語が抜けない。
　思いきってたずねてみたけれど、関係があるという根拠はどこにもない。
「あなた……目のことを思い出したの？」

お母さんは驚いたように目を見開き、あたしを見つめる。
「……はい」
　　　そう言った瞬間、肩を思いっきりつかまれた。
「……痛っ！　お、お母さん!?」
　　　驚きで言葉が出ない。つかまれた肩が痛い。
「どこまで思い出したの!?」
　　　肩をつかむお母さんの手に、力が入る。
「痛っ……痛……い……」
　　　体が震える。
　　　怖い……怖い……。嫌だ……。
「早く言いなさい!!」
　　　そのまま勢いに押され、うしろに倒れこむ。
　　　──ガタンッ!!
「うっ……あっ……」
　　　怖い……怖いよ……。
　　　どうして、怒ってるの……？
「幸!!」
「嫌あぁぁっ!!　……うあぁっ……」
　　　耳を押さえてうずくまる。
　　　涙は出るし、震えも止まらない。
　　　──バタバタバタ！
　　　誰かの足音が聞こえた。
　　　──バタンッ！
「漣!!　っ……幸!!」
「お姉ちゃん!!」

そして、昨日の男の子と望が部屋に飛びこんできた。
「どうした!?　落ちついて!!」
　男の子はあたしを抱きしめる。
「うっ……あぁっ……」
　震えが少し治まった。
　呼吸を整えて目をつぶる。
「お母さん……なにがあったの？」
　望が肩で息をするお母さんに駆けよった。
「あ……ごめんねっ……ごめんね、幸っ!!」
　口もとを押さえて、お母さんは泣きだした。
「はぁっ……はぁっ……お母……さん……」
　お母さんを見つめる。
　すると、さっきの出来事がフラッシュバックした。
「……うっ……あ……嫌ぁ……」
　なんでっ!?
　お母さん、どうしてっ……。
　怖いよっ……思い出すことは、いけないことなの!?
「幸!!　俺を見て!!　大丈夫だから、俺がいるから!!」
　男の子に両手で頬をつかまれる。
　彼はあたしから目を離さない。
「……うぁ……ぐすっ……ふ……」
「大丈夫……大丈夫だから……」
　そう言って頭をなでてくれる。
　なつかしい……。
　あたし……この人を知ってる……。

ズキン。
「痛っ……あなた……誰?」
　あたしの言葉に、彼は一瞬傷ついた顔をして、笑顔を浮かべた。
「坂原陽!!」
　そう言ってニッと笑う。
　そのとき。
『俺、坂原陽、高校3年生。B組なんだ、よろしく!!』
　そう言って自己紹介する男の子の姿が、頭の中に浮かんだ。
「坂原……。あたし、前にもこうやって……あなたと自己紹介したことある?」
　前にも……こんなやりとりをした覚えがある。
「したよ。前は学校の図書室で!」
「図書室……?　あたしと坂原くんは、同じ学校だったんだね」
「坂原でいい。前も、俺のことそう呼んでたから」
　坂原……。
　うん、なんかこの方がしっくりくる。
「……おばさん、大丈夫ですか?」
　坂原はあたしをソファに座らせて、お母さんに駆けよる。
「坂原くんね……。来てくれてありがとう……」
　お母さんは弱々しく笑った。
　そういえば、坂原はあたしの家を知ってるんだ。
　どうしてここに来たの?
　あたしとは、どういう関係なのかな……。

「おばさんは……幸さんにそっくりですね」

坂原の言葉に、お母さんは目を見開く。

「つらいときこそ、人を頼るどころか、遠ざけてしまうところがそっくりです」

坂原はお母さんを支えながら、あたしの隣に座らせた。

「おばさん、親子はちゃんと話し合うべきです。僕には母親がいません。だから、こういうことがあっても、話し合うことができない。でも、ふたりはちがう。こんなに近くにいるんです。ちゃんと話し合って……逃げないでください」

そう言って坂原は立ちあがる。

「望ちゃん、他の部屋で待たせてもらってもいいかな？」

「あ……はい、じゃあこっちに」

ふたりはリビングから出ていった。

「…………」

残されたあたしたちは沈黙状態だ。

「……お母さん……」

あたしは自分から沈黙を破った。

坂原が作ってくれた機会を大切にしたいと思ったから。

「あたし……記憶を取りもどしたい。たしかに、忘れちゃったのにはわけがあると思う。それでも、知らなきゃ……。ずっと逃げて生きていくのは嫌なの」

すべてを知ったとき、あたしはどうなるかわからない。

でも……。

「受けとめるから……。ちゃんと前に進まなきゃいけない

から」
「それでも……私は賛成(さんせい)できないの。あなたが勝手にやるならいいわ。でも私は、あなたが傷つくのをわかっているから、手は貸さない」
　お母さんは、涙を流していた。
「それでも、あなたが記憶を探すのなら……止めない」
　お母さんの言葉にあたしは笑顔を浮かべた。
　自然に出た笑顔だ。
「ありがとう……お母さん」
　そう言って、お母さんを抱きしめた。
　お母さんも抱きしめ返してくれる。
　お互い望んでいることはちがうけれど、このときたしかに絆が繋がった気がした。

気持ち

【幸side】
　あれから毎日、学校のある日も坂原が家に迎えにきてくれている。
　あたしの記憶の手がかりになりそうなところへ連れていってくれるのだ。
　そして、今日から冬休みに入った。
　今日は晴れているせいか、外に出るとまぶしくて、見えにくい。
　でも、坂原に会えると思うと、楽しくて、うれしくて、無理してでも会いたいと思ってしまう。
「坂原、まだかなぁ……」
　家の前で坂原が来るのを待っていると、家からお父さんが出てきた。
「あ、お父さん！」
　スーツを着たお父さんが、あたしを見て笑顔を浮かべる。
　この人があたしのお父さん。
　前は仕事が忙しくてなかなか家に帰ってこなかったんだって、望が言ってた。
　最近は、あたしや望の顔を見たいからと、毎日家に帰ってきてくれているらしい。
「今日も行くのか？　気をつけてな」
「うん！　大丈夫だよ。坂原がいるから」

そう言うあたしに、お父さんは少しさびしそうな、でもうれしそうな笑顔を見せた。
「坂原くんには、本当に感謝してもしきれないな。じゃあ、そろそろ行ってくるよ」
「行ってらっしゃい！」
　あたしの頭をポンポンとなでて、お父さんは仕事へ行った。
　坂原は本当にあたしに優しい。
　つらくて取りみだしたり、不安なときは、抱きしめて『大丈夫』だと言ってくれた。
　彼女とか、そういう関係じゃないはずなのに、坂原はどうしてここまでしてくれるんだろう？
　すごく仲のいい友達……だったのかな？
「漣ー！！」
「「「お姉ちゃーーん！！」」」
　遠くの方から、坂原と子どもたちの声が聞こえた。
　複数の足音とともに、人が近づいてきたのがわかる。
「坂原の兄弟？」
「そうだよ！　ほら、あいさつして」
　坂原に促されて、3人の子どもたちが前に出てきた。
「坂原翼！！」
「坂原秋」
「坂原柚だよ！」
　女の子は柚ちゃんだけなんだ……。
「えっと……あたしは……」
「知ってるよ！！」

「幸お姉ちゃん!!」
　そう言って、3人がいっせいに抱きついてきた。
「わっ!」
　あわてて3人を抱きとめる。
　なんであたしの名前……。
　あたしは、この子たちに会ったことがあるのかな？
「こら!　漣がびっくりしてるだろ!」
　坂原は、翼くんの頭をガシガシとなでて、あたしに視線を向ける。
「コイツらとは、前に1回会ってるんだよ。家に来たときに」
「坂原がこの前話してくれた……」
　たしか、大雨の夜に川原で坂原と話したあと、坂原の家に泊まったことがあるって言ってたよね。
「今日は俺んちに行こう!」
「坂原の家に？」
　あたしの言葉に、坂原はうなずく。
　彼女でもないのに、いいのかな……。
　複雑だけど、好意に甘えることにした。
「じゃあ柚、お姉ちゃんと手を繋ぐ!!」
　柚ちゃんがあたしの右手をつかむ。
「僕も!」
　秋くんは左手をつかんだ。
「あぁっ!　俺も繋ぎたい!!　お前らだけずるい!!」
　翼くんは秋くんの腕を引っぱる。

「翼は、ふたりよりお兄ちゃんだろ？　我慢しろ」
　坂原はそう言って、翼くんと手を繋いで歩きだした。
「ちぇっ、お姉ちゃんがよかったなぁ」
「お前なぁ」
　そんな坂原と翼くんの会話がおもしろくて、小さく笑った。
「翼くん、今度どこかへ行くときは、一緒に手を繋ごうね？」
　あたしはそう言って笑うと、翼くんはうれしそうにうなずいた。

「「「ただいま〜!!」」」
　坂原の家に着くと、翼くん、秋くん、柚ちゃんは声をそろえて叫んだ。
「手、洗ってこい！」
「「「はーい!!」」」
　子どもたち3人は、坂原に促されて洗面所に走っていった。
「坂原がお母さんに見えるよ……」
　お兄ちゃんという枠(わく)を通りこしている気がする。
　あたしと同い年なのに、すごいな。
「そうなりつつは……あるね。最近、母親の気持ちがわかるようになってきたからな」
　お母さんがいない分、家事とかそういうのは、坂原の仕事になっているらしい。
「ご飯も坂原が……？」
「そう！」
　坂原は冷蔵庫をあさりながら答える。

「漣、お腹空いたでしょ？　もうすぐ昼だし、なんか作るよ」
「ありがとう。あたしもなにか手伝う」
　そう言うと坂原は、ニンジンを手渡してきた。
　でも、見える範囲が狭すぎて、ニンジンと包丁の距離感がつかめない。
「ごめん、時間かかっちゃうかも……」
　包丁を見つめて固まるあたしの頭に、坂原は手をのせた。
「漣がいてくれて助かるんだ。ありがとな。子どもたちの要望に応えて、カレーにしよう！」
「うん。わかった」
　頼られたのがうれしくて笑うと、坂原もうれしそうに笑うのがわかった。
　こうしてあたしたちは、カレーを作りはじめた。
　——シャッ、シャッ。
　ニンジンの皮をむいていると。
　——ドンッ！
　背中になにかがぶつかった。
「痛っ」
　人さし指を見ると、血が出ていた。
　衝撃で、包丁で指を切ってしまったらしい。
「こら、翼!!　向こう行ってろ！　大丈夫か、漣……って血、出てんじゃん!!」
　坂原はあわてたようにあたしの手首をつかみ、水で流す。
　——ジャー……。

水の流れる音が、妙に耳につく。
　　血が指の先へと流れていくのを、ボーッと見つめていた。
「水……」
　　ズキン……ズキン……。
　　痛い……。
　　また頭が痛みだす。
『あ……ぁ……い、嫌……』
　　まただ。
　　また、あたしじゃない誰かの……ううん、この声ってもしかして……。
　　あたしの声？
　　なんだろう、すごく怖い。
　　怖くて、悲しくて、絶望するようななにかがあったの？
　　──コポ……。
　　水の中、ここで死ぬんだと思ったあたしに。
『漣────っ!!』
　　そうだ、坂原の呼ぶ声が聞こえて……。
　　水の中で、見えるはずのない坂原の姿が見えたのを思い出した。
「坂原……。あたし、川で溺れてるところを、坂原に助けられたんじゃなかった？」
「あ、あぁ……そうだよ」
　　うしろから、歯切れの悪い返事が返ってきた。
　　やっぱり……。
「なんで……川なんかに……」

坂原はなにも言わなかった。
「あとはこれを貼っとけば大丈夫！」
坂原はあたしの指に、ばんそうこうを貼ってくれた。
「ありがとう……」
みんな、あたしになにかを隠している。
あたしは……ものすごく大事なことを忘れてしまったんじゃ……。
「漣……」
ギュッ。
「さ……かは……ら……？」
突然、坂原に抱きしめられる。
驚いて固まっていると、あたしを抱きしめる腕にさらに力が入る。
「……漣……ごめん……」
ごめん……。
それは、なにに対しての"ごめん"？
話せないことに対しての？
それとも、話せない記憶に対して……？
坂原の顔を見たい。
でも、抱きしめられていて顔をあげられない。
坂原……どうして謝るの……？
どうして震えているの？
あたしを抱きしめる坂原の腕は、小さく震えている。
聞きたいことはたくさんあるのに、聞けない。
坂原だけじゃない、あたしの家族もだ。

聞いてはいけない……聞かないでほしい……。
そう思っていることが、みんなの顔を見ていればわかる。
やっぱり自分で見つけるしかないんだ……。
坂原がつらそうにしているのも、家族が悲しそうな顔をするのも……見たくはないから。
あたしはそっと、坂原の背中に手を回した。

見える範囲が狭すぎて、かなり時間がかかってしまったけど、なんとかカレーが完成した。
切ってしまった人さし指も、坂原が手当てしてくれたおかげで、すぐに血も止まった。
「「「いただきます!!」」」
「おー。食え食え!」
坂原は、カレーをおいしそうに頬張る兄弟たちを、愛おしそうに見つめていた。
その横顔を、こっそりと盗み見る。
先ほどのつらそうな顔は、もうなかった。
「……漣?」
じっと坂原を見ていると、あたしの視線に気づいてか、はずかしそうに笑う。
「あ……ははっ……は……」
はずかしい……。
そんなにじっと見てたら、気づかれちゃうよね。
顔が熱くなる。
「お姉ちゃん、顔まっ赤!!」

すると、秋くんがビシッと、スプーンをあたしに向けた。
「え!?」
　あらためて指摘されると、本当にはずかしい。
　チラッと坂原を見ると、これまたいいタイミングで目が合った。
「「あっ……」」
　声までそろってしまった。
　あわててお互いに顔をそらす。
　本当に、なにやってるんだろう……。
「お姉ちゃん、今日は泊まっていくの!?」
　柚ちゃんの言葉に、思考が停止する。
　って……。
　なに今さら、はずかしがってるんだろう。
　家になら前にも泊まったって言ってたし……。
「でも……」
　坂原を見あげる。
　あたしが決めていいことじゃないし……。
「漣さえよければ……泊まってきなよ」
　泊まっていくって……たしかにもう冬休みだし、学校のことは気にしなくていいとしても、別に気になることがある。
　友達でも、泊まったりとかしていいの……？
　坂原の頬は、赤かった。
　それを見て、自分の頬も熱くなる。
「「「まっ赤〜!!」」」
　子どもたちに茶化されて、あたしと坂原はまっ赤になっ

た顔を隠すようにうつむいた。

　――チャポン。
「あったかいね……」
「うんっ！」
　目の前にいる柚ちゃんが、うれしそうに答えた。
　結局、みんなの好意に甘えて、泊まらせてもらうことにした。
　今は柚ちゃんと一緒に、お風呂に入っている。
「お姉ちゃんとお風呂入るの、２回目なんだよ！」
　柚ちゃんの言葉に、あたしは目を見開く。
「そう……なの……？」
　あたしの言葉に、柚ちゃんがうなずく。
「そうかぁ、ごめんね。お姉ちゃん、今記憶がなくて……」
「知ってるよ！　だからね、お姉ちゃんが思い出せるように、柚もがんばるの！」
　柚ちゃんの言葉に、涙がこぼれた。
　悲しい涙じゃない。
　うれしい涙だ。
　柚ちゃんのためにも……思い出したい。
　こうやって、記憶を取りもどすことを応援してくれる人もいる。
　だから……。
「お姉ちゃん……がんばるからね……」
　そう言って抱きしめると、柚ちゃんは笑顔で抱きしめ返

してくれた。

「翼!! 同じ手には引っかからないぞ!!」
「うわぁっ!! お兄、痛い〜!!」
　お風呂からあがると、坂原と翼くんが取っ組み合いをしていた。
　そんな光景に、自然と笑顔になる。
　坂原の家の事情は聞いていたけど、ここには温かい絆があるから、お母さんがいなくても、こんなに笑顔が絶えないんだ。
「あれ……でも……」
　こんな光景を、前にも見たような気がする……。
　ズキンッ。
「痛っ……」
「お姉ちゃん……？」
　頭の痛みに顔を歪めると、柚ちゃんが心配そうにあたしを見あげる。
「大丈夫……だよ」
　なんだろう。
　いつもなにかを思い出そうとするたび、頭痛が襲う。
　——♪♪♪〜。
「あっ……」
　そのとき、あたしのケータイの着信が鳴りひびいた。
　あわてて出ると、お母さんだった。
『ごめんね、お母さん。今日は坂原の家に泊まってく。だ

『から心配しないで』
　帰ってこないあたしを心配してか、お母さんが電話をしてきたのだ。
『そうだったの。よかったわ。もう夜だし、なにかあったのかって心配で……。安心したわ』
　お母さんは、ホッとしたように息を吐いた。
『お姉ちゃんっ！　朝帰り!?』
　電話ごしに、望の茶化す声が聞こえる。
『の、望……』
　はずかしくて言葉が出ない。
『ふふっ』
　お母さんの笑い声が聞こえる。
　そのあとは、他愛もない話をして電話を切った。
　なんでだろうな。
　家族だから、あたりまえの会話のはずなのに、すごく大切な時間だったように思える。
　家族……あたしの家族なんだ。
　あんな風に話せて、うれしかった。

「ふぅ……みんな、寝たみたいだね」
「もう10時だからな」
　夜になり、翼くんたちを寝かしつけたあと、坂原と一緒にソファに腰かける。
「元気だね、みんな」
「漣が来たから、うれしかったんだろうな」

そう言って、坂原は笑う。
「あたしでよければ、いつでも手伝うよ。坂原には、いつもお世話になってるから」
　記憶探しもそうだけど、いろんな場面で坂原には助けられている。
　だから、少しでも力になりたい。
　それに……柚ちゃんや、翼くん、秋くんのことも大好きだし。
「ありがとう。アイツらも喜ぶよ。それに、俺も……」
　俺も……なんだろう？
　次の言葉を待っていると、坂原は真剣な瞳で見つめてきた。
「さ、坂原？」
　あらたまって見つめられると、なんだかはずかしい。
「俺も……うれしいから」
「え……？」
　一瞬、時間が止まった気がした。
　不意打ちだ。
　そんなこと言われたら……期待してしまう。
　坂原が……あたしを好きなんじゃないかって。
「坂原……」
　自然と、ふたりで見つめ合う形になってしまった。
　坂原の瞳は、いつものおだやかで優しいものではなかった。
　男を意識させるような、熱い瞳。
「…………」

どちらからともなく、お互いの顔が近づく。
「漣……っ……ごめんっ!!　俺……」
　坂原は我に返ったのか、あわててあたしから離れた。
「あ、あたしこそっ……」
　なにしてたんだろう……あたし。
　体が勝手に……。
「も、もう寝るか！」
「う、うん！」
　ふたり同時に立ちあがる。
　坂原はそっぽを向きながら、後頭部をかいている。
「漣はそこの、母さんが使ってた部屋だから！　じゃ、じゃあ、おやすみ！」
「あ、うん……。おやすみ」
　坂原の背中が遠ざかっていく。
　ドキドキ……心臓がうるさい。
　もしかして……あたし……。
　坂原が好きなの……？
『大丈夫だ……』
　そう言って支えてくれた人がいた。
　失ったはずの記憶の中で、いつも太陽みたいに笑いかけてくれる人がいた。
　あたしは、その人のことが好き……大好きだった。
　それってもしかして……坂原なの？
　あたしは坂原の背中を見つめたまま、胸を押さえた。

名前

【幸side】
　まっ暗な世界。音もない。
　ここはどこ……?
　──ボコボコボコ……。
　なんの音⁉
　あわてて周りを見まわすと、そこは……水の中だった。
　──ゴポ。
　息ができない。
　なのに、体はもがくどころか、指一本さえ動かない。
　そのとき。
　──バッシャンッ!
　ブクブクと泡が立つ。
　霞む視界に、人影が見えた。
　なに……?
　誰?
　人影は、あたしに手を伸ばしてくる。
　あれ……あたし、この人を知ってる。
　だって、あなたは……。
「さ……かはら……」
　あたしも手を伸ばした。
　最後に……君に触れたい。
　そう……最後に……。

――バサッ！

「はぁっ……はぁっ……」

あわてて飛びおきると、そこは水の中ではなくて、坂原の家のベッドだった。

そうか、昨日は坂原のお母さんが使っていた部屋のベッドで眠ったんだっけ。

「ふぅ……」

夢か……。

安心からか、小さく息を吐く。

なんだったんだろう、あの夢。

夢にしては、すごくリアルだった。

まるで、本当に体験したような……。

自分の手を見つめる。

どうして……坂原が？

きっと、昨日あんなことがあったから、ヘンな夢を見たんだ。

あたしはそう思いこむことにした。

そうでないと……とてつもない不安に押しつぶされそうだったから。

「お姉ちゃん……おはよ～」

部屋を出ると、目をこすりながら部屋から出てくる柚ちゃんと廊下で鉢合わせた。

柚ちゃん、翼くん、秋くんは、3人一緒の子ども部屋で寝ているらしい。

柚ちゃんはたまに、坂原のベッドにもぐりこんでくるっ

て坂原が言ってたっけ。
「おはよう、柚ちゃん」
　声をかけると、柚ちゃんはあたしに抱きついてくる。
　それがなんだかかわいくて、癒やされた。
「お姉ちゃん〜」
　今度は秋くんが抱きついてくる。
「秋くん、おはよう」
　秋くんも寝ぼけているのか、布団を持ってきてしまっている。
「まだ眠い〜」
　柚ちゃんはあたしに抱きついたまま、眠ってしまった。
「あらら……柚ちゃん、こんなところで寝たら風邪引いちゃうよ」
「僕も眠い……」
　柚ちゃんも秋くんも、うとうとしながらあたしの服の袖をつかむ。
「ふふっ。かわいい……」
　自分に子どもができたら、こんな感じなのかな。
「お兄ちゃんと翼くん、まだ寝てるみたいだから、お姉ちゃんがご飯作るね。秋くん、柚ちゃん、手伝ってくれるとうれしいな」
　その言葉に、ふたりは目を輝かせた。
「やりたい!!」
　柚ちゃんがあたしの腕を引っぱる。
「顔洗う〜!!」

秋くんはやる気満々で、走っていった。
「柚ちゃんも一緒に行こう？」
「うんっ!!」
　あたしと柚ちゃんは、手を繋いで洗面所へ向かった。

「じゃあ、目玉焼きを作りたいと思います」
　顔を洗って台所に戻ってくると、３人でエプロンを着けて料理を始める。
「まず、柚ちゃんから。イスの上に乗って」
　柚ちゃんや秋くんの身長だと台所は少し高すぎるから、踏み台のかわりに小さいイスを置いた。
「黄身をつぶさないように、こうやるんだよ」
　最初にお手本を見せて、目玉焼きを作る。
　えーと……卵を割るところ……。
　手探りで堅い台所のふちに卵をコンコンと当てて、フライパンに卵を落とした。
「で、ひっくり返す」
　フライパンに顔を近づけて、目玉焼きの位置を確認する。
「お姉ちゃん、すごーいっ!!」
　柚ちゃんは目を輝かせて、目玉焼きを見つめている。
「僕も見たい～っ!!」
　秋くんは柚ちゃんの服の裾を引っぱる。
「秋くん、もう少し待ってね。じゃあ柚ちゃん、卵割ろうか」
　柚ちゃんに卵を渡す。

柚ちゃんはそれを受け取ると、コンコンと上手にひびを入れる。
「じゃあフライパンの上で割ろうね」
「う〜」
　ものすごく慎重(しんちょう)に、卵を少しずつ割ろうとしている。
　そんな姿がかわいくて、小さく笑った。
「柚ちゃん、うまくいったね！」
「うんっ!!」
　柚ちゃんは、自分が作った目玉焼きをうれしそうに見つめている。
「じゃあ、次は秋くん！」
「やるーっ!!」
　秋くんは、ピョンピョンと跳(は)ねる。
「柚ちゃんと交代ね。秋くん、ここ乗って？」
　秋くんの手を引いて、イスに立たせる。
「じゃあ卵割ろう！」
「はーい！」
　秋くんが卵にひびを入れた、そのとき。
　　──ガチャン！
「ご、ごめん!!　寝坊(ねぼう)した！」
　寝グセのひどい坂原が、台所に飛びこんできた。
　おそらく、起きたてなのだろう。
「ゆっくり寝ててよかったのに。今ね、柚ちゃんと秋くんと一緒に朝ご飯作ってたんだよ。ね？」
　柚ちゃんと秋くんが、強くうなずく。

「柚と秋が!?」

あわてて皿をのぞきこむと、坂原は目を見開いた。

「お前ら、自分で作ったのか!?」

そして、驚きの声をあげた。

ふたりの作った目玉焼きは、形は悪いものの、うまくできている。

「これはね〜、柚ちゃんが作ったの！」

「これ、僕だよ!!」

柚ちゃんと秋くんは、自慢げに坂原にお皿を差しだす。

「おぉっ！ すごいな!!」

坂原は、ガシガシとふたりの頭をなでる。

お兄ちゃんに褒められたのがうれしかったのだろう。

ふたりはキャッキャと、うれしそうにはしゃいでいた。

「そういえば、翼くんはまだ寝てるの？」

「翼は、この家一番のなまけ者だから」

そう言って坂原は、深いため息をつく。

「俺、起こしてくる」

大きなあくびをしながら、台所を出ていった。

「じゃあ、柚ちゃん、秋くん。ご飯運んでくれる？」

目玉焼きの乗った皿をふたりに渡す。

「「置いてくる〜っ！」」

「走っちゃダメだよ！」

今にも走りだしそうな勢いだったので、そう声をかけると、「はーい!!」と元気な声が返ってきた。

でもやっぱり心配になって、テーブルにご飯を並べるふ

たりをこっそりとのぞく。
「これ、お兄の!!」
　秋くんが、自分の作った目玉焼きを置きながら宣言(せんげん)する。
「柚のは、お姉ちゃんが食べるの!!」
　その言葉に胸が熱くなる。
　なんだろう……幸せで胸がいっぱいになった。
「漣？」
「わっ！」
　突然、背後から聞こえた声に、驚いて振り返る。
「さ、漣!?」
　すると、逆に驚かれてしまった。
　なんでびっくりしてるんだろう？
「…………」
　坂原は無言であたしを見つめている。
　坂原の手が伸びてきて、あたしの目を服の袖で優しくこすった。
「さ、坂原……？」
　不思議に思って見あげると、坂原は心配そうにあたしを見た。
「泣いてた」
　言われてはじめて気づく。
　頬に触れると、たしかに湿(しめ)っていた。
「あ……本当だ……。気づかなかった」
　そう言って笑う。
「悲しいとかじゃないの。幸せだなって……。こういうの、

家族っていうんだよね」
　柚ちゃんと秋くん、それに起きてきた翼くんも交じって一緒にはしゃいでいる。
　そんな光景を見ていると、自然と笑顔になれた。
「漣……。漣さえよければ、いつでも家に来て。その方がうれしいし……ね？」
　あたしの頭をポンポンとなでる坂原。
「坂原……。ありがとう」
　そう言って、あたしはまた笑った。
　しばらくふたりで笑い合っていると、翼くんたちがあたしに駆けよってきた。
「お姉ちゃん！　ご飯食べよう！！」
　翼くんと柚ちゃんがあたしの手を引っぱる。
「うん！」
　引っぱられるまま、席に着いた。
「お兄！　これ、僕が作ったの！」
　秋くんが、坂原の皿の上にある目玉焼きを指さして言う。
「秋の手作りか、楽しみだな！」
　坂原は秋くんの頭をなでながら笑った。
「翼くんと、秋くんと柚ちゃんのは、お姉ちゃんの手作りだよ」
　あたしはそう言って、目玉焼きを指さす。
「やった～っ！！」
　翼くんがうれしそうに笑う。
　その笑顔につられてあたしも笑った。

「漣のも食べたい〜!!」
「今度ね」
「え〜、漣の食べたかったのに……」
　ふふっ。
　坂原、子どもみたい。
「「「「「いただきます!!」」」」」
　こうして、にぎやかな朝食が始まった。
「うまっ!!　誰かが作ってくれた料理とか、いつぶりだろ!!」
　坂原は感動しながらパクパクと朝食を食べている。
「お姉ちゃん、これおいしー!」
　柚ちゃんが余りもので作った煮物を指さした。
「坂原が作った残りを、そのまま使っただけだよ」
「いやいや!!　漣って料理上手なんだな!　本当うまい!!」
　あんまりうれしそうに言うので、なんだか照れてしまう。
　朝食はみんなから好評で、あたしも作りがいがあって楽しかった。

　朝食を終えると、家事や学校の宿題を坂原と一緒にやって、気づけば夕方になっていた。
　あたしたちは坂原の提案で川原に遊びにきた。
「キレイだ……」
　坂原は川を見つめながら、そうつぶやいた。
　太陽の光に反射して、川がキラキラと輝いている。
「でも、ちょっとだけまぶしい」
　あたしの目を気遣ってくれて、夕方に家を出た。

夕方は暗くもないし、明るすぎもしない。あたしにとって活動しやすい時間帯だ。
「お姉ちゃん、川にメダカがいる!!」
　柚ちゃんは興奮したように、あたしに手を振る。
「今行くね！」
　転ばないようにゆっくりと歩きだすあたしの手首を、坂原がつかんだ。
「坂原!?」
　驚いて振り返ると、坂原はつらそうな顔をしてあたしを見ていた。
「……どうしたの？」
　心配になり坂原に近づく。
　川原に行くと言ってから、坂原の様子がおかしい。
　いつもみたいに騒いでいないというか、静かすぎる。
　どうしてなにも話さないんだろう。
「ごめん……。川に落ちないように、気をつけて」
　そう言って、坂原は手を離した。
　つらそうな笑顔を浮かべたまま……。
　ズキン。
　離された手がなごりおしい。
　まだ握っていてほしい。
　離さないでほしい。
　そう、あのとき……冷たくて暗い水の中に沈んでいくあたしに、必死に伸ばされた手と……触れ合ったときに感じた温かさ。

その温かさに、坂原の手は似ている。
「お姉ちゃん、早く〜!!」
　翼くんや秋くんが呼んでいる。
「あ、うん!!　……坂原、じゃああたし、行ってくるね」
「あぁ……」
　坂原に背を向けて歩きだす。
　だけど、坂原のつらそうな笑顔が頭にこびりついて離れない。
　どうして、あんな顔をしてたんだろう。
　胸がそわそわして、落ちつかない。
「メダカさんがいっぱいいるよ!」
　柚ちゃんが、両手でメダカをすくおうとする。
「あぁ〜っ!!」
　メダカはその手をすり抜けるように、いなくなってしまった。
「…………」
　あたしは無言で顔を近づけて、至近距離でそれを見つめた。
　メダカがすり抜けていくその様（さま）は、まるであたしの記憶が頭をすり抜けていくような……そんな感覚だった。
　——バシャッ!
「わっ!?」
　顔に水がかけられた。
　いつの間にか、あたしの前に笑っている翼くんがいる。
「犯人は翼くんだなぁ!」
「必殺!!　水でっぽうだ!」

ネーミングがそのままなのはツッコまないでおこう。
　　男の子の遊びはやっぱり、体力勝負なんだなぁ。
　　冬の川だというのに、翼くんは足首が浸かる位置まで川の中に入っている。
　　子どもは本当に風の子だ。
「あぁっ!!」
　　秋くんの叫び声が聞こえた。
　　今度はなんだと振り返ると、秋くんの帽子が、風に飛ばされて川へと入ってしまっていた。
「……大変!　秋くん、ここで待っててね」
　　靴と靴下を脱いで、スカートの裾を持ちあげる。
　　──バシャンッ!
「冷たい……」
　　日が暮れると気温もさがる。
　　冬の川遊びなんてバカなことをしたな、と苦笑いしながら、川に入って帽子を取りにいく。
　　──バシャッ……バシャッ。
　　帽子はゆらゆらと、水面に浮かんでいる。
　　近づけば近づくほど、体が水に浸かっていく。
「漣!!　なにやってんだ!!」
　　遠くから、坂原の切羽つまった声が聞こえた。
「大丈夫だよ!　すぐそこだから!」
　　姿はよく見えないけど、坂原に聞こえるくらい大きな声で叫んだ。
「お姉ちゃん、大丈……」

「翼!! お前たちは離れてろ!!」
　坂原はあたしの近くにいた翼くんたちを川からあがらせ、遠くに離れさせた。
「早く戻って!!」
「大丈夫だよ！　ほら！」
　つかんだ帽子を掲(かか)げて振った。
　その瞬間……。
　――ズボッ。
「え……!?」
　急に足もとがなくなった。
「お姉ちゃん!!」
　翼くんのあわてたような声が聞こえた。
　――バシャンッ！
　そのまま、水の中にすべり落ちる。
「漣―――っ!!」
　坂原の叫び声が聞こえた。
　――ゴポ……。
　体が沈んでいく。
　前にもこんなことがあった気がする……。
　目を開けても、泡以外なにも見えない。
『漣―――っ!!』
　……そう。
　あのとき……あのときも坂原は、あたしの名前を呼んだ。
　ズキン。
　痛い……頭が割れそう。

苦しい。
 息が……できな……。
 ズキンッ。
「……ごぽっ……っ!?」
 今までの頭痛とは、比べものにならないほどの痛みが襲う。
 頭を抱えた瞬間……。
 心が張りさけそうなくらい、つらい気持ちになる。
 そうだ……。
 思い出した。
 あたし、もう……目が見えなくなるんだ。
 そんな現実から逃げてしまいたくて……それで……。
 あたしは死のうとした。
 消えてしまいたい。
 すべてから逃げだしてしまいたい。
 このまま死ぬんだ……。
 苦しくたって関係ない。
 生きていることの方がつらいから……。
 あのとき、川に入って死のうとしたとき、あたしはたしかにそう思ったんだ。
 大切なモノが記憶を失う前より増えてしまって、失う痛みも大きくなってしまった今。
 ならいっそ、今、幸せなまま消えてしまえた方がいいのかもしれない……。
 ──バシャン。

目の前が、泡でいっぱいになる。
　　　その泡を薄れゆく意識の中、ボーッと見つめていると……。
　　　グイッ。
　　　力強い腕に引きよせられた。
　　　――バシャンッ！
「……っ……はぁっ……はぁっ……漣‼」
　　　声が聞こえる。
　　　誰かに抱えられているのか、体がグラグラと揺れている。
「漣‼　目開けて‼　……頼むからっ……」
　　　――バシャッ……バシャッ……。
「漣‼」
「……ん……げほっ……」
　　ゆっくりと目を開けると、坂原があたしの顔をのぞきこんでいた。
「さか……は……げほっ……」
　　　声が出ない。
　　　思いのほか、水を飲んでしまっていたようだ。
「……よかった。生きてた……本当によかった……」
　　　――ポタッ……ポタッ。
　　頬に水滴が落ちる。
　　　顔をあげると……坂原が泣いていた。
「泣……いてる……の……？」
　　坂原の頬に触れると、温かい涙の跡があった。
「バカ‼　死んだらどうすんの‼」
　　　ギュッ。

坂原はあたしの体を強く抱きしめた。
　息ができないくらいに……。
「坂原。あたしはね……死にたかったの。あのときも……今も」
　死にたかった。
　消えてしまいたかった。
　胸が裂けてしまいそうだ。
　もう、生きてなんて……いたくない。
「なに言って……」
　だって、あたしは……。
「あたしは、失明するの!!　なにも見えなくなっちゃう!! まっ暗なんだよ……。朝起きても、太陽の光すら感じることができなくなるの!!」
　坂原の言葉をさえぎって、感情的に叫んだ。
「漣、まさか記憶が戻ったのか!?」
　坂原は驚いたようにあたしを見つめる。
　こんなこと、坂原に言ってもしょうがない。
　そんなことはわかってるのに……止められない。
「視力を失ったら……家族のことも、友達のことも……好きな人の顔さえ何年、何十年先も覚えていられない!!　大切な人たちの顔を忘れちゃう!!　いつか……自分の顔さえもわからなくなる!　失っていくだけの人生に、なんの意味があるの!?」
　涙が次から次へと溢れだす。
　涙は枯(か)れることはない。そのことをあらためて知った。

「……っ……お願い!!　もう死なせて!!」
　病気から……その恐怖から……。
　もう解放して……。
「死なせるかよ!!」
　坂原は今までに聞いたことのない、怒りを表した声で叫ぶ。
　一瞬、体がビクリと震えた。
「俺は、漣を離せない!!　嫌われてもいい。漣が泣いても、絶対に離さない。死なせない!!　好きなんだよ……漣のことが……」
　坂原は強く強く、抱きしめてくる。
　うれしいのに……心が苦しいのはなんでだろう。
　あたしも好き。
　坂原が好き……。
「漣がなにかを失った分……俺が漣にあげる。何度だって。漣は失うばかりじゃない!!」
「……っぐすっ……あたし、障害者なんだよ?　今は普通に見えてても……あたしは障害者になる!!　坂原の重荷になる……。そしたら坂原だって……あたしから離れていくでしょう?」
　だから……坂原とこれから先、一緒に生きていく夢を見ることも、女としての幸せさえ、願ってはいけないような気がして苦しかった。
　だから、最初からそんな夢を見て傷つかないようにしてきたのに……。
　坂原はそんなあたしに、失うばかりじゃない、なんて言う。

「まっ暗な世界の中に……ひとりぼっちは嫌なの……」
「ひとりになんてさせない。言ったでしょ？　漣のこと、俺が離せない。いなくなるなんて許さない!!　……漣を重荷だなんて思わないし、障害者とか……そういうの関係ない。俺は漣っていう、ひとりの女の子を好きになったんだ!!」
「…………」
　坂原の言葉に、なにも言えなくなってしまった。
　ただ、泣くことしかできない。
「なんで……なんであたしなの……？」
　どうして他の人じゃなくて、坂原はあたしを好きになってくれたの？
　君じゃなければ……。
　あきらめられたのに。
「漣がいいんだ。漣しかいらない……」
「……っ……あたしもっ……好き……」
　坂原の背中に腕を回す。
　どうか……。
　どうか、神様。
　あたしが、坂原を好きになってしまうことを許してください……。
「好きだ……幸……」
「……っ……あたしも……好き……陽……」
　お互いの唇（くちびる）が触れ合う。
　優しく……いたわるようなキス。
　幸。

あたしは自分の名前が大嫌いだった。
"幸せになれますように"
　そんな願いのこもった名前が、憎らしかった。
　でも今は……。
　坂原に……陽に呼んでもらったあたしの名前。
　幸せな気持ちになった。
　生まれてはじめて、自分の名前が好きになれた気がする。
「……幸……」
　キスの合間につぶやかれる、あたしの名前。
　君に呼ばれるたびに、あたしは好きになっていくだろう。
　君と……自分の名前を……。

chapter five

時間

【幸side】

　冬休みが終わり、年が明けた1月。

　新学期を迎えたあたしたちは、学校をサボって川原に来ていた。

　すべての記憶を取りもどしたあたしは、自分が家族との間にどれだけの溝があったのかを知った。

　でも、記憶を失って、一緒に過ごす時間ができたからか、あたしは家族との間に、また新たな絆を築くことができた気がした。

　ただひとつ、ちがうことといえば……。

　あたしに彼氏ができたことだ。

「……どーしたの？　幸」

　ボーッと遠くを見つめているあたしを、陽は心配そうに見つめている。

「なにもないよ」

　そう言って笑顔を返すと、陽も安心したように笑った。

　いつもいつも、あたしを見ていてくれる。

　今日だって、太陽が出てるから外に出るのはやめようって陽は言ったけど、強引にあたしが連れだした。

　だって……。

　あとどれくらい、あたしの目が生きているかわからないでしょ。

あたしの目はすでに、人ひとりを見るのさえ、精いっぱいだった。
　だから、見えているうちにたくさんの物を見て、この目に焼きつけたい。
　空を見あげる。
　青くて……雲ひとつない。快晴だ。
「……キレイだね。こうして空がキレイに見えるのは、あたしの目の命が、残り少ないからだね。普段なにげなく見ていたものが、こんなに尊いものだったんだって気づけた」
「なに言ってんの！　見えなくなっても……俺が、幸の目になる。だから大丈夫だ‼」
　そう言うと陽は、ニッと笑う。
　あたしとしては、空なんかより、陽の笑顔が見られなくなる方がつらい。
　もちろん陽には、こんなことは言えないけれど。
　だって、陽が心配する。
　せめて、この目が見えるうちは、陽の笑顔を見ていたいから……。
「……うん。ありがとう」
　そう言って微笑み合う。
　こんな毎日が、すごく幸せだ。
　だからこそ、この幸せが壊れてしまいそうで怖い。
「不安そうな顔してる」
　ギュッ。
　陽があたしの手を握った。

あたしもその手を握り返す。
「すごいね……陽は。あたしの心の中がわかるみたい」
　ときどき、超能力みたいだなって思う。
　あまりにも当たりすぎて……。
「わかるよ。幸のことならね……。幸のこと、いつも見てるから」
「そっか……」
　あらためて説明されると、はずかしいな……。
　頬が熱くなる。
「……好きだよ」
「……っ……あたしも……」
　陽は１日に何回も好きだと言ってくれる。
　まるで、あたしの冷たい心を温めるように。
「……陽……」
　名前を呼ぶと、陽はあたしの頭を優しくなでる。
　あたしは迷わずその胸に抱きついた。
「……っと！　……うん、なんかうれしいな」
　あたしを抱きしめながら、陽がつぶやく。
「……ん？」
　不思議そうに見あげるあたしを、陽ははずかしそうに頬を染めたまま見おろす。
「幸が甘えてくれるのが……うれしかったってこと！」
　陽の言葉に、今度は心臓が騒がしくなる。
「……なに言ってんの、バカ」
　はずかしくなって、自分の顔を隠すように、陽の胸に顔

を埋めた。
「陽……」
　顔を埋めたまま名前を呼ぶ。
「……ん？」
　愛おしむような声が返ってきた。
「……あたし、陽の顔……ずっと覚えていたい。他の人のことはいい。でも、陽のことだけは……忘れたくないよ」
　大好き……。
　誰よりも……。
　だからこそ、あたしの記憶を君でいっぱいにしよう。
　忘れてしまわないように。
「……なら、俺だけを見ていて。よそ見しないで、俺だけを……ね？」
　陽は、あたしの頬に右手を添えた。
　あたしは自然と目を閉じる。
　唇にやわらかいモノが触れる。
　最初は優しく……重ねるたびに深く……。
　大好き。
　陽だけをずっと好きでいるから……。
　あたしの世界が、陽でいっぱいになるまでは……。
　あたしから視力を奪わないで……。
「……そろそろ日が暮れる。家まで送るよ」
　陽があたしの手を引く。
「陽といると……時間がすぐに過ぎちゃうみたい」
　他愛もない話をして、寄りそって……それだけでもう日

が暮れている。
「楽しい時間はすぐ過ぎるっていうからな！」
　腕を引かれながら、家の方面に向かって川沿いを歩く。
「本当だね。本当にあっという間……」
　あっという間に時間が流れてしまう。
　幸せな時間を過ごすたび、あたしの視野が狭まっていく。
　あっという間なんだ。
　なにもかもが……。
　──ドンッ。
「わっ!?」
　一歩前を歩いていた陽が、突然立ちどまる。
　そのせいで、陽の背中に顔面をぶつけた。
「ど、どうしたの？」
　顔をのぞきこむと、陽はなにかを考えこんでいるような顔をしていた。
「陽……？」
　心配になって陽の腕を揺すると、バッとあたしに向きなおった。
「幸!!　1月22日、用事あったりする!?」
「……は？」
　いつになく真剣な顔をしていたから、なにを言いだすかと思ったら……。
「なんで？」
「なんでも!!」
　そう言って陽ははぐらかす。

「空いてるけど……」
「じゃあ、家に迎えにいくから！」
　うれしそうな顔をして、陽は笑顔を浮かべる。
　あたしはわけがわからず、ただ首を傾げていた。
　なにかあるのかな？
　今月の22日に……。
　そんなことを考えていたら、あっという間に家の前だった。
「じゃあ、また明日ね」
「おう！　また明日！」
　陽はあたしに背を向け、帰っていった。
　また明日……。
　また陽に会えるんだ。
　明日はなにを話そう。
　バイバイして別れた瞬間から、あたしは陽と会ったときのことを考えるのだった。

　だけど……。
　それからというもの、陽と会う時間が減っていた。
　今日だって……。
「陽、今日も一緒に帰れないの？」
「ごめん!!　用事があるんだ！　じゃ、じゃあまた明日!!」
　陽はそれだけ言って、走っていってしまった。
「はぁ……」
　これで何回目のため息だろうか。
　陽は「用事がある」の一点張り。

とぼとぼと、学校からの帰り道をひとりで歩く。
いつも一緒に帰ってたのに……。
陽がいるから、体育がない日も学校来てるのに。
陽がいなきゃ、意味がないのに。
やっぱり……。
「あたしのこと、邪魔になったのかな……」
障害者だもんね。重荷にしかならないよね……。
「……陽……」
視界が少しずつ歪んでくる。ポロポロと涙が溢れた。
「……っ……ぐすっ……うぅ……」
泣きながら川沿いを歩く。
もう日は暮れかけている。
あたしは立ちどまって川を見つめた。
「陽……。ひとりになんてしないよね……？」
離れていかないよね……？
ひとりだと不安になって、いろいろ考えてしまう。
――ドサッ。
大の字で川原に寝そべる。制服が汚れようが気にしなかった。
「風が……気持ちいい……」
目を閉じる。
人の声も、車の音も聞こえない。
陽……。
陽のことを考えると胸が痛い。
どうしても悪い方に考えてしまう。

「あぁーっ!!　もう!!」
　考えるのはやめよう。考えれば考えるほど、頭が痛くなる。
　目を閉じたまま、風だけを感じていよう。
「……ん……」
　風が頬をなでる。
　１月の風は、マフラーがなければとてもじゃないけど乗りきれない。

　目を開けると、さっきよりも暗くなっていた。
「……え、やだっ。あたし、寝ちゃってたの!?」
　あわてて上半身を起こすと、誰かの上着がかかっていた。
「起きたの？」
　聞きおぼえのある声が、隣から聞こえる。
　振り向くと、陽がいた。
「陽……」
　一番会いたくて……一番会いたくない人。
　あたしは矛盾してる。
「幸に電話したんだけど、繋がらなくて……心配になって家にかけたら帰ってないっていうから……探したじゃん」
　陽の声がいらだっているのがわかる。
「…………」
　それでも、なにも言わなかった。
　だって……陽があたしを突きはなしたんじゃん。
　あたしは……こんなに不安なのに……。
「危ないじゃん!!　こんなところにひとりで寝てたら!!

女の子なんだから、なにされるか……」
　その言葉にあたしはキレた。
「関係ないでしょ!!　あたしがどこで寝てたって!!」
　なんで怒られなきゃならないの?
　もとはと言えば、陽があたしに隠しごとしてるからじゃん。
　見てればわかるよ……陽、絶対なにか隠してる。
「関係ない?　幸は俺の彼女じゃん!!　関係大ありだ!」
　陽は怒ったのか、あたしの肩を強くつかむ。
　あたしも負けじと陽から視線を外さない。
「……隠しごとしてるくせに」
「え……?」
　なんのことかわからない、というような顔をしている。
「毎日毎日、用事があるって言って先に帰っちゃうけど、その用事ってなに!?　何度聞いてもはぐらかすじゃん!!」
　あたしの言葉に陽は、ばつが悪そうな顔をして、そのまま黙ってしまった。
　やっぱり……。なにか隠してるんだ。
「……もういい」
　あたしは立ちあがり、スカートについた草や土をはらう。
「さ、幸!?」
　陽の困惑した声が聞こえたけど、無視して歩きだした。
　陽なんか知らない!!
　グイッ。
「送るから!」
　駆けよってきた陽に、腕をつかまれる。

「ひとりで帰る」
「待って！　ちがうんだ。隠しごとっていうか……」
　陽の言葉を待つ。
　けど……たぶん、これ以上なにも言えないんだ。
「知らない……。陽なんか嫌い」
「さ、幸‼」
　陽の腕を振り払った。
　そのまま全力疾走(しっそう)する。
「はぁっ……あぁっ‼」
　——ズサッ！
　視界が悪いせいで、あたしはなにかにつまずき、ハデに転んだ。
「うぅっ……」
　涙がボロボロ流れて、すりむいた手と膝がひどく痛んだ。
　なにかあったなら、話してほしかった。
　あたしは陽を信じているし、なんでも話せるって、そう思ってたけど、陽はちがったの……？
　それとも、あたしが障害者だから？
　陽はあたしを負担に思っているんじゃ……。
　考えれば考えるほど、胸が苦しくなり、悪い方へしか考えられない。
　あたしはしばらく、その場で泣きつづけた。

　——バタンッ。
「はぁっ……はぁっ……ぐすっ……陽……」

自分の部屋に戻ると、扉に寄りかかり、そのまま座りこんだ。
　　　なんで、嘘なんかついてないって言ってくれなかったの。
　　　悲しくて涙が出る。
　　　——コンコン。ガチャン。
「お姉ちゃん〜。ご飯できたよ……って、え!?」
　　支えを失ったあたしは、扉を開けた望の上に倒れこむ。
「……うぅ……望ー……」
「なに!?　どうしたの!?」
　　あたしの肩に手を置いて、心配そうに顔をのぞきこんでくる。
「陽が……」
「坂原先輩がどうしたの?」
　　望はまだ高1だっていうのに、あたしよりしっかりしている。
　　妹に泣きついてるあたしって……。
「陽があたしに嘘ついてるの。いつもいつも、用事があるって……でもあれは、絶対なにか隠してる!!」
「……ん?　お姉ちゃん、話がまったく見えないよ」
　　望は苦笑いを浮かべた。
　　あたしは、最近の陽のことをすべて話した。

「あー……」
　　話しおえると、望は言葉を詰まらせた。
「……心配しなくて平気だよ、お姉ちゃん。うん、大丈夫」

そう言って、あたしの頭をポンポンとなでる。
「なんで、そんなことわかるの？」
　大丈夫なんかじゃない。
　あたしのことをお荷物だって思ってるんじゃないかとか、他に女の人がいるんじゃないか、とか……。
　いろいろ考えちゃうよ。
「大丈夫なんだって!!　お姉ちゃんが心配するようなことはなにもないし、坂原先輩にそんなことはできないと思うよ。だって……」
　そこまで言って、望はあわてて口を片手でふさいだ。
「だって……なに？　望、なにか知ってるの!?」
「……な、なにも知らないよ!!　お姉ちゃんのカンちがい！考えすぎだよ！　ほら、ご飯行こう？」
　なかば強引に、あたしの背中をグイグイと押す。
　なんか……望もあたしに隠してるな。
　なにがどうなってるの……？

　それからというもの、陽からは電話やメールがたくさん来ていた。
　だけど、返事はしないで放置してる。
　返事なんか返してあげない。
　あたしのこのさびしい気持ち、少しでもわかって……。
　せめてもの意地だった。
　本当は、あたしだって声を聞きたい。
　でも、急に離れられて悲しかったことをわかってほし

かったんだ。
　そんな日々が続いていた。
　もう明日は22日だっていうのに……。
　ベッドに横になったまま、ケータイを握りしめる。
「知らないんだから……。陽なんて嫌い……」
　ケータイをマナーモードにして、眠りについた。

　次の日、閉じているまぶたからでもわかるくらいのまぶしさに、意識が浮上してくる。
「……んっ……うぅ……」
　何度も寝返りを打つ。
　完全に窓を閉めきっているというのに、明るいのだ。
「……まぶしい」
　目をゆっくりと開けると、あたしの顔をのぞきこんでいる人がいる。
「……望？」
　目を凝らすと、あきらかに女の子ではなかった。
「な……」
"なんで？"
　そう言いたいのに言葉が出てこない。
「……幸……」
　そこには、ベッドの横に座り、肘をついてあたしを見つめる陽がいた。
「……って……陽？」
　驚いて目を見開く。眠気も一気に覚めた。

「……怒ってる、よな……」
　申し訳なさそうにあたしを見つめている。
　捨てられた子犬みたいだ。
「そ、そんなことより、なんであたしの部屋に!?」
　あわてて布団を引きよせる。
　パジャマ姿だし、寝グセすごいし。
　はずかしい……。
「望ちゃんが入れてくれた」
「望……」
　寝ている女の子の部屋に、年頃の男の子を入れちゃうのはどうかと思う。
　しかもあたし、寝てたのに。
「今日22日だから、迎えにきたんだけど……」
　そう言って陽はうつむく。
「一緒にデートしてくれる？」
　陽の言葉に目を見開く。
　この状況でデート？
「な、なんで急に……」
　たしかに約束はしてたけど……デートなら、今日じゃなくても、いつだってできたじゃん。
「今日じゃなきゃダメなんだ！　やっぱり幸は覚えてないんだな。望ちゃんの言ったとおりだ」
　陽の言葉に、さらに首を傾げる。
　ますますわからない。
「幸のこと、ほったらかしでごめん！　でも、幸が嫌いに

なったとか、そういうんじゃないから!!」
　その言葉にホッとした自分がいた。
「……バカ。不安だったんだから……」
　ギュッと陽に抱きつく。
　なんだかんだで許してしまうあたしは、相当陽にホレているんだと思う。
「……ごめんな、幸。好きだよ……」
「あたしも……好き……」
　自然と唇が重なり合う。
　久しぶりに触れた唇が、とてつもなく愛おしい。
「……幸、そろそろ行こうか！」
　唇を離すと、陽が笑顔を向けてくる。
「行くって、どこへ？」
　デートって言ってたし、どこかへ行くのかな？
「それは秘密!!　ってことで、着替えて着替えて！」
　陽に促されてベッドからおりると、陽がはずかしそうにあたしを見ていた。
「どうしたの？　顔、赤いよ？」
　そう言って陽に近寄ると、陽は一歩さがった。
「あ……いや……」
　キョロキョロと視線をさまよわせている。挙動不審だ。
「……陽、大丈夫？」
　あきらかに様子がおかしい。
　心配になり、陽の頬を両手で包んだ。
「……っ……!?」

陽は顔をまっ赤にして、片手で自分の口を押さえる。
「本当にどうしちゃったの？　なんか様子が……」
「……が、見えてる……から……」
　陽が小さい声でボソリとつぶやいた。
「え？」
「胸……見えてる……から、その……」
　え!?
　陽は目をギュッとつぶっている。
　あたしはといえば……ゆでダコのようにまっ赤だ。
　陽が目をつぶっていてくれてよかった。
「ご、ごめんね!!」
　あわてて胸もとを隠す。
　寝相が悪くて、胸もとがはだけてしまっていたんだ。
「あ、謝らなくていいし！　っていうか……俺はうれしいっていうか……」
　陽の言葉に、いろんな意味で顔が熱くなる。
「……ヘンタイッ!!　出てって!!」
　そう叫んで部屋から追いだした。
「陽のバカッ……」
　心臓がうるさい。
　顔も熱いし……。はずかしい。
　自分の頬に触れると、やっぱり熱かった。
「……ふぅ。着替えよう」
　気持ちを落ちつかせて、あたしは服を着替えた。

鏡の前に立って自分を見つめる。
「ヘンじゃないかな……」
　いろんな角度から、姿をチェックする。
　今日は白のニットワンピースに黒タイツ、ショートブーツを合わせてみた。
　望にはミニスカートを渡されたけど、そこまでは自信がなくて、膝までのワンピースを選んだ。
　ちょっと前までは、自分に彼氏ができるなんて思ってもみなかった。
「今じゃ……普通の女の子みたいに恋をしてる。服に悩んで……自分以外の誰かのことで悩むなんて、あたしには絶対ないって思ってたのに……」
　今のあたしは……本当に幸せだと思う。
「行ってきます、幸！」
　鏡の中の自分に笑顔を向けてコートを羽織り、自分の部屋を出た。

「お、お待たせ……」
　ニヤニヤと笑う家族に見おくられながら、あたしは玄関の外で待つ陽に声をかけた。
　背中を向けていた陽が、ゆっくりとこちらを振り返る。
「幸、さっきはごめ……」
　そう言いかけて、陽は固まったままあたしを見つめる。
「な、なに!?」
　あわてて自分の格好を確認する。

とくにおかしいところは……ないはずなんだけどな。
「ヘン……？」
　不安に思いながら陽を見あげる。
　陽はブンブンッと首を横に振った。
「じゃ、じゃあ……」
　なんで、あたしを凝視するの？
　そう続けようとしてやめた。
　いや、言えなかった。
　ギュッ。
　陽は無言であたしの手を握る。
　それに驚いて言葉が出なかったんだ。
「……いい……」
「え？」
　陽の言葉が聞きとれず、もう一度聞きなおす。
「……かわいい。すごく似合ってる」
「……っ……」
　うれしさとはずかしさが入りまじって、言葉にならない。
　今日はいつもよりオシャレしたつもりだ。
　やっぱりデートとかいう名前がついてるんだから、それなりに気合も入る。
　かわいいって……かわいいって言われた!!
　陽にそう言われたら、うれしいに決まってる。
　オシャレしてよかった！
「あ、ありがとう……」
　なんとかそれだけ返して、陽の手を握り返す。

お互い顔がまっ赤なまま、歩きだした。

「ここは……」
　陽に連れられるままたどり着いたのは、大きな植物園だった。
「植物園！　幸が好きそうだったから。……じ、地味……だった？」
　不安げにあたしをのぞきこむ陽に、笑顔を返す。
「そんなわけ……ない。陽……ありがとう」
　心の底からうれしい。
　ざわざわした人通りの多いところよりも、静かに植物を見ている方がずっと好きだ。
「よかった〜!!　そんじゃ行こうか！」
　陽はパッと笑顔になる。
　さっきまでの不安そうな顔は、一瞬にしてなくなっていた。
「うん！　……陽……ありがとう」
「なに言ってんの。俺が幸と行きたかっただけだから！」
　陽はあたしの手を握って歩きだす。
　その背中をあたしは笑顔で見つめた。

「……わぁ……すごい……」
　チケットを買って中に入ると、あたり一面がマリーゴールドで埋めつくされていた。
　感激のあまり、しばらく見いってしまう。
　オレンジ一色。

見わたすと、1枚のカーペットみたいだ。
「マリーゴールドだね……。どんなに見てても飽きない」
「本当だな！　でも、どうせなら全部制覇するぞ！」
　陽はそう言って、あたしの手を握って引っぱる。
「わっ!?」
　驚いて見あげると、笑顔の陽と目が合った。
「……うんっ……」
　笑顔を返して、ふたりで植物園を回りはじめる。
「幸!!」
　陽があたしの手を引いて立ちどまる。
「これ、キレイだ！　赤くて細い」
　陽は目を輝かせて目の前の花を指さす。
　そんな姿を見ていたら、小さく笑ってしまった。
　陽と一緒にいられて幸せ。
　陽には人を笑顔にする力がある。
　本当……。
「太陽みたい……」
「ん？」
　あたしのつぶやきが聞こえたのか、陽は不思議そうに振り返る。
「ふふっ……なんでもないよ。あ、陽。これはリコリスっていうんだよ。彼岸花のこと」
　あわてて話題をそらす。
　陽には絶対言えない。
　だって、はずかしいから……。

「へぇ～。って、彼岸花!?　あのお葬式のやつ?」
　陽は驚いたように花を見つめる。
「まぁ……そうだね。でも、すごくキレイだよね。小さくても存在感がある」
　赤く凛と咲きほこる、艶やかな花。
　お葬式とか暗いイメージを持たれる花だけど、あたしはそんな不評も感じさせないくらいに凛として、強く咲く花が大好きだ。
　あたしもこんな風に、どんなにボロボロになっても、凛としていたいと思う。
「俺さ、この花……幸みたいだって思ったんだ」
「え!?」
　驚いて陽の顔を見あげると、照れているのか、頬をまっ赤に染めている。
「で、でも……お葬式の花とか知らなくて、ごめん。こんな端っこに咲いてても目を引くところとか、凛としてるところとかが、さ……」
　陽の言葉に顔が熱くなる。
　そんなことを言われたのは、はじめてだ。
「幸と会ったの、図書室が最初じゃないんだ」
　陽の言葉にあたしは目を見開く。
　言われて記憶をたどるけど、陽とはじめて出会った思い出なんて、図書室以外にあったかな。
「幸は知ってるはずないんだけどさ……。俺、中学生のとき荒れてたんだよ」

「陽が!?」
　考えられない。
　陽が荒れてたなんて……想像もできない。
　こんなに前向きで、明るい太陽みたいな人が……。
「あぁ……。あのときは、母さんが家出てって間もない頃だったからな」
「あ……」
　陽の悲しそうな横顔を見ると、胸が苦しくなる。
　いつも『大丈夫』って、陽は笑ってた。
　悲しくても、泣きたくても、兄弟たちを守らなきゃいけないから、平気なフリをしていなきゃいけなかったのかもしれない。
　陽だって、つらかったはずなのに……。
「そんで、夜遊びばっかしてたよ。本当どうしようもないガキだった……。でも、そんな俺を変えたのは幸なんだ」
　そう言って陽は、あたしを愛おしそうに見あげる。
「……あた……し……？」
　まさかそこで自分の名前が出てくるとは思ってなくて、とまどうあたしに、陽は小さくうなずく。
　それから、ぽつりぽつりと話しはじめた。

過去

【陽side】
『陽!!　お前は……いつもいつも、どこを遊びあるいてるんだ!!　もう、いいかげんにっ……』
『うるせぇよ!!　俺に話しかけんな!!』
　　――バタン!
　俺は親父をキッとにらんで部屋に入り、荒々しく扉を閉める。
『くそっ……なんだよ……』
　扉の向こうから、兄弟たちの泣き声が聞こえる。
　いつもこうだ……。いつも……。
　俺がなにかしたか?
　なにもしてない。
『全部、親父が悪いんだ。アイツのせいで、母さんも……』
　そこまで言って口を閉じる。
　今さら……なにを言っても遅い。
　変わらないんだ……なにもかも。
　この家になんていたくない。ここは俺の帰る場所じゃないんだ。
　こんなところ、出ていこう。
　持てるだけの着替えを持って部屋を出る。
　そのまま靴を履いた。
　そして、家を出ようとドアに手をかけたとき……。

『『『お兄っ!!』』』
　小学校２年生の翼と幼稚園に通っている秋、まだ３歳の柚が駆けよってきた。
『お兄、どこに行くの〜っ!?』
『お兄〜おんぶーっ!!』
『にいに！』
　キャッキャッと騒ぎながら俺の腕をつかんでくる。
『触んな!!』
　バシッ。
　俺はそんな兄弟たちの腕を振り払い、家を飛びだした。
『『『うわぁ〜んっ!!』』』
　閉まったドアから泣き声が聞こえる。
　それを聞いているだけで胸が苦しくなった。

　しばらく歩くと、家の近くの川原に着いた。
　もちろん、人っ子ひとりいない。
　今は深夜２時。
　いるわけがない。
　——シュッ……ポチャンッ！
　石を川に向かって、思いっきり投げる。
　——シュッ……ポチャン。
『……あー……調子悪いな』
　ドカッと地面に座り、あぐらをかく。
　ボーッと川を眺めていると、人影が川の浅瀬に見えた。
『……嘘だろ？』

深夜の2時だぞ!?
　目を凝らすと、俺と同い年くらいの女の子だった。
『……やべー……』
　幽霊かも、なんて思っていると、女の子はゆっくりと、水を蹴りながら川沿いを歩く。
　——バシャッ……バシャッ……。
　水しぶきが月に照らされ、宝石のように輝いている。
　おそるおそる近づくと、女の子はキレイな顔立ちをした人間だった。
『……よかった〜。マジで幽霊かと思った!!』
　そう叫んだ俺に、女の子は気づいた。
　スカートの裾を持ちあげながら、俺を見つめている。
『……幽霊？　あたしが？』
　女の子は、怪訝そうに俺を見る。
『そうそう』
　そう言う俺を、さらに怪訝そうににらみつけてくる。
『なんで、こんなところにひとりでいんの?』
　女の子がこんな時間にひとりでいるなんて、危なすぎる。
　家出少女なのか、それともヤンキーか……。
『さぁね』
　女の子はサラッと言って小さく笑う。
『……さぁねって。危ないじゃん、こんな時間に』
『それはあなたも同じでしょう？』
　シレッと答える女の子を、俺は苦笑いを浮かべて見つめた。
　俺は男だしな。そういう心配はないんだけど……。

『あなたは、なんでこんなところにいるの？』
　今度は逆に、質問された。
『さぁね』
　俺は女の子と同じように、『さぁね』返しをする。
　女の子はムッと頬をふくらませた。
『あっそう』
　そう言って歩きだしてしまう。
『まぁまぁ、怒るなって！』
『怒ってない』
　そう言ったものの、顔は怒っている。
　俺は、そんな女の子がかわいいと思った。
『まぁーあれだよ。俺は放浪中！』
『へぇー』
　女の子は興味なさそうに言う。
『へぇーって……。傷つくな』
『はいはい。……いいじゃん、放浪。あたしも放浪中だし』
　そう言って女の子は笑う。
　その笑顔につられて俺も笑った。
　理由はわからない。
　でも、この子とは気が合うと思った。
　出会って間もないのに、こんなに会話が続くし、皮肉も言い合える。
『あーまぁ、そうだよな。放浪、いいよな』
『うん』
　女の子と一緒に川原に座り、川を眺める。

『なぁー。幸せって、なんだろうな』
『は？』
　いきなりつぶやいた俺を、女の子は驚いたように見つめる。
『幸せってなに？』
　そうたずねると、女の子は悩んでいるのか、空を見つめたまま眉間にシワを寄せている。
『……さぁ？　人それぞれだと思うよ。人の数だけ幸せの形があると思う』
　女の子の言うとおりだ。
　こんなこと、聞いてわかることじゃない。
　ただ……知りたかった。
　母さんは、小学校にもあがっていない兄弟たちや、俺を置いて出ていってしまった。
　親父は、俺たちをほったらかし。
　そんなバラバラの家族。
　それは幸せなのか……？
　いや……不幸だ。
　俺は一生、親父を憎んで生きていくんだから……。
　酒グセが悪い親父は、母さんに暴力を振るっていた。
　それに耐えかねて、母さんは家を出ていったのだ。
　俺たちを置いて……。
『……よくわからないけど……。健康に生まれてくることが、本当の幸せなんじゃない？　どんなにつらいことがあっても、生きてさえいれば……体さえあれば、なんとかなるもんなんだよ』

女の子はそう言って、さびしそうに笑った。
　さびしげな笑顔の理由。
　それは俺にはわからない。
　でも、彼女もなにか、思うことがあるのだろう。
『そっか……。じゃあ俺は、幸せ……なんかな』
　そう言う俺を、女の子は笑顔で見つめてくる。
　そして、静かにうなずいた。
『今が幸せじゃない……そう思うなら、幸せになればいいんだよ』
『幸せになる……か。そうだな……。なんか軽くなったよ、いろいろとさ……。俺、意地でも幸せになってやる。今までは逃げてただけで、いつも他人のせいにしてた。だから、これからは……もっと自分と向き合うよ』
　夜の川原に寝っころがる。
　心の枷（かせ）が、少し軽くなった気がした。
　俺は、誰かに言ってほしかったんだ。
　お前は幸せだと……。
　彼女の言葉は、自然と心に染みていくようだった。
『ありがとな！』
　そう言って俺は笑う。
　もう一度……こうやって笑えたのは、彼女のおかげだ。
『なにが？　あなたってヘンな人。よくわからないけど……でも、前向きでいいと思うよ？　その方があなたっぽい』
　女の子は優しく笑った。
　彼女との出会いが、俺を変えた。

どこの誰かもわからない、ひとりの女の子に、心を救われたんだ。

【幸side】
「だから、幸とは中学生のときに会ってるってこと！」
　陽はそう言ってニッと笑った。
　あたしたちは手を繋いで、植物園の中を歩きながら話していた。
「……まったく覚えてない」
　中学生のとき、家にいるのが嫌でよく外に出ていたのは覚えているけど。
　でも、もしそれが本当なら……。
　あたしは、少しでも陽の力になれたのかな……？
「ははっ。まぁ4年くらい前の話だしな！　覚えてなくて当然だし！」
　そう言って陽は笑顔を浮かべる。
　その笑顔を見ていると、なんだか申し訳ない気持ちになってくる。
　陽は4年前のあたしのことをずっと覚えててくれたのに、あたしだけ忘れちゃうなんて……。
「でも……あたしがそのときの子だって、どうしてわかったの？」
　そんな疑問をぶつけると、陽は陽気に笑う。
「高校の入学式のときさ、俺すっぽかして川原に行ったんだ

よ。途中から行こうって思って時間つぶしてた。そしたらさ、同じ学校の制服着た幸がいた。あのときみたいに裸足で川の中入っててさ……一発でわかった」

　陽はなつかしむように、遠くを見つめている。
「でも……確信はなかったから、話しかけられなくて。名前も知らなかったし……。今思えば、そのときから……幸のことが好きだったのかもしれないな」

　陽はあたしを見つめて微笑む。

　愛おしそうに、あたしの頬を優しくなでた。
「好きだよ……幸。やっと見つけたんだ……幸を……」

　陽は足を止めてあたしを見つめる。

　あたしも自然と足を止めた。
「……陽……」

　陽に腕を引かれ、距離が縮まる。

　鼻先がぶつかり、そのままお互いに唇を重ねた。
「……んっ……」

　花に囲まれて交わすキスは、今までのキスとはちがった味がした。

　短くも長くもない、軽く触れるだけのキス。

　ゆっくり唇を離すと、はずかしそうに笑う陽の顔があった。
「なんか、いけないことしてるみたいだ……。ここ、植物園だし……」

　言われてハッとする。

　気づけば、遠足で来たのか、幼稚園児たちがじーっとあたしたちを見ていた。

「うぅっ……」
　純粋な瞳で興味津々に見つめられると、なんだかはずかしい。
　幼稚園児に、なんてモノを見せてしまったんだろう……。
　隣を見ると、陽も顔をまっ赤に染めてうつむいている。
　あたしたちはあわてて植物園を飛びだした。

「あー……はずかしかった」
　陽は頭を抱えながら、落ちこんでいた。
「止められなかったんだよ。つい……」
　陽の言葉に頬が熱くなる。
「な、なに言ってんの……バカ……」
「もしかして……幸、照れてたりする？」
　顔をのぞきこんでくる陽を押しのけて、あたしは近くの自販機へ向かう。
　——ピッ……ガタンッ。
　ふたり分のお茶を買って、陽の頭の上に背伸びをしてゴンッと置く。
「痛っ!?」
　あわてて振り向いた陽は、あたしを見て目を見開いた。
「幸！　痛いじゃん！」
「お茶」
　陽の言葉をサラッと流して、今度はちゃんとお茶を渡す。
「お！　ありがとう！」
　さっきまで悩んでいたのが嘘みたいに、笑顔に変わる。

単純だな……。
　陽を見ていると、なんだか目が離せない。
　あたしよりたくさんの表情をする陽がうらやましい……そう思うときさえある。
　あたしにはできないから。
　こうしてまた笑えるようになったのも、陽のおかげだ。
「本当……もらってばっかりだな……あたし」
　陽はあたしに、たくさんのモノをくれる。
　笑顔、涙、愛、恋、幸せ……。
　すべて君がくれた。
　その分、あたしは、君になにかを返せるだろうか……。
「幸？」
　心配そうにあたしを見つめる陽に、笑顔を返す。
「次はどこに行くの？」
「おう！　次はご飯にしよう。なんだかんだで腹空かない？」
　陽に言われて気づく。もうお昼の時間だ。
　コクンとうなずくと、陽は笑顔であたしの手を引いた。
「ほら、行こう！」
　あたしはその笑顔を目に焼きつけた。
　陽の笑顔を忘れないように……心に強く刻む。
　いつかあたしの世界がまっ暗になっても……君の笑顔だけは思い出せるように……。

片翼(かたよく)

【幸side】

　あれからファミレスで昼食をとり、あたしたちはいつもの川原へ来ていた。

　腰をおろし、ふたりで寄りそって夕日に照らされる川を見つめる。

　冷たい冬の風が、あたしと陽の髪を揺らす。

「幸とここに来るのは、何回目だろうな」

　陽の言葉に、あたしは小さく笑う。

「さぁ？　数えきれないくらいかな」

　本当に、この川を陽と何回見てきたんだろう。

　いつしかこの場所は、あたしと陽の思い出の場所になっていた。

「……幸、今日なんの日か知ってる？」

　しばらくふたりで川を見つめていると、陽が口を開いた。

「22日」

「え、まぁそうなんだけど……そうじゃなくて……」

　その言葉に、あたしは首を傾げる。

　陽はなにが言いたいんだろう？

「うーん……やっぱり覚えてないんだね」

　陽は苦笑いを浮かべた。

「幸……。今日は、幸の誕生日(たんじょうび)なんだよ」

　陽に言われて目が点になる。

誕生日……あたしが生まれた日？
「知らなかったー……というか、忘れてた」
「やっぱりね。幸、病気のこととか……家族のこととかでずっとひとりで悩んでたから、誕生日とか、そういうことを気にする余裕もなくて、忘れてるんじゃないかって思ってた」
　陽の言葉のとおりだ。
　そんなこと、考えている余裕なんてなかった。
　今までは、ね……。
　陽と出会ってから、自分のことに目を向ける機会が増えた。
　陽が……あたしの不安を一緒に抱えてくれるから、余裕ができたんだ。
「そっか……今日だったんだ。誕生日……」
「幸の家族は、みんな知ってたよ？」
　陽の言葉に、心が温かくなる。
　お父さん、お母さん、望……。
　たくさん傷つけてしまったのに、あたしのこと、ずっと見ていてくれたんだ……。
　すごく、うれしい。
「そっか……」
　こみあげるうれしさを噛みしめながら、つぶやく。
　そんなあたしを、陽は優しい眼差しで見つめていた。
「幸、目……つぶって？」
　あたしが目をつぶると、陽はあたしのまぶたに口づけた。
「わっ……よ、陽!?」

目を開けようにも、陽の唇がそれを邪魔する。
　仕方なく目を閉じておとなしくしていると、首になにか冷たい物が触れる。
「……な、なに!?」
　その冷たさに、目を開けそうになる。
「まだ開けないで！　もう少し……」
　陽に言われたとおり、目を開けないように我慢していると、陽が小さく笑った気がした。
「うん、完璧！　もう開けていいよ」
　陽の一言でようやく目を開ける。
「似合ってるよ……幸」
　そう言って、陽は自分の首にかかるペンダントを見せてきた。
「えっ……？」
「幸とおそろいなんだ。誕生日プレゼント！」
　陽はニッと笑う。
　見れば、あたしの首にもペンダントがかけられていた。
　そっと左手で触れてみる。
　それは、片翼の形をしていた。
　シルバーで細かい装飾が施されていて……キレイ。
「俺のと合わせると……ほら！」
　片翼は完全な翼になった。いわゆるペアルックだ。
「すごい……。これなら……飛べるね……」
「そうだな。ふたりでなら……どこへでも飛んでいける。一緒じゃなきゃダメなんだ」

どちらが欠けてもダメなんだ。
　　だって……片翼じゃ飛べないから。
「本当言うと、これ買うためにバイトめちゃくちゃ入れててさ」
　陽は首のペンダントを持ち、苦笑いを浮かべる。
「こんなこと、はずかしくて言えなかった。でも、結果的に幸を不安にさせた。ごめん」
　心底申し訳なさそうに頭をさげる陽に、あたしはぶんぶんと首を横に振る。
　陽、あたしのためにバイトがんばってくれてたんだ。
　なのにあたし、自分のことばっかりだった。
　陽は、こんなにあたしを想ってくれてたのに……。
「陽……」
「……ん？」
　ふいに名前を呼んだあたしを、陽は不思議そうに見つめている。
　あたしの視界は涙で少しずつ歪んできて、陽の顔もぼやけていた。
「あ……りがと……うっ……っう、ぐすっ……大好き」
"ありがとう"
　何度言えば……何度伝えれば……。
　君に届く？
　こんなに愛しくて……感謝してもしきれない、この気持ちを……。
　何度伝えれば……。

「幸……。俺も……幸が死ぬほど好き……」

陽があたしの唇を奪うように口づける。

深く、噛みつくような……優しいけど強引なキス。

あたしは体を陽に預けた。

君と……ずっと……。

一緒にいられますように……。

それだけを、ただひたすらに願って……。

2月中旬。

吐く息は白く、季節はまだ冬だと告げている。

「はぁー……」

手を温めようと、息を吹きかける。

「……寒い？」

陽は、あたしの手をつかんで自分のポケットに入れた。

「あ、あったかい……」

ちょっとはずかしいけど……。

こういう陽の優しさがうれしい。

陽の手も冷たかったけど、繋いでいるうちに、お互いの手が熱を持ってきた。

「寒いなー……。幸、風邪引かないようにな？」

「それは陽も同じでしょ」

寒い冬の朝、学校へ向かいながらふたりで笑い合う。

こんな時間が幸せだ。

あたしの目は、今ではすぐ横にいる陽さえ見えにくい。

そこまで視野狭窄が進んだのだ。

あとどれくらい、君を見ていられるのか……。
ずっと君を見ていたい……だから隣を歩く陽に顔を向ける。
君がちゃんと見えるように……。

今日は普通に授業に出る。
単位が危ない授業が朝から続いているのだ。
「幸ちゃん！　一緒に体育に行こう？」
ジャージに着替えていると、鮎沢さん……葉月が、笑顔であたしに声をかける。
この数ヶ月で、葉月の敬語がやっと取れてきた。名前で呼び合う仲にもなった。
彼女はあたしの友達だ。葉月があたしを友達だと言ってくれたから。
「うん。行こう」
今日は曇りだ。太陽もあまり出ていない。
「今日は平気そう……」
「どうかした？」
窓の外をボーッと見つめているあたしの顔を、葉月は心配そうにのぞきこんでいる。
「どうもしてないよ。行こうか」
あたしは、心配させないように笑顔を返した。
「うん！」
葉月は笑顔であたしの手をつかむ。
「ありがとう……」

葉月は、あたしが他の人とぶつからないように手を引いてくれる。いつも自然に。
　頼んだわけじゃない。
　あたしが病気のことを話したら、力になりたいと言って支えてくれているんだ。
　優しい子……。
　あたしの大切な友達。親友ともいう。
　持つべきものは、たくさんの友人より、たったひとりの親友。
　本当にそう思う。
　うわべだけの友達なんていらない。本当に信頼し合える誰かがひとりいればいい……そう思う。
「葉月、いつもすごく助かる。本当に……ありがとう」
　あたしの言葉に、葉月は首を横に振った。
「私なんか、全然幸ちゃんの役に立ててないよ。私はいつも幸ちゃんに救われてばっかりなのに……」
「あたしはなにもしてないよ？　あたしの方こそ、葉月にたくさん助けられてばっかり」
　いつだってそう。
　助けられてばかりで、なにも返せていないのはあたしの方だ。
「幸ちゃんの……なにげない一言に、あたしはいつも救われてるんだよ……」
　葉月はそう言って、優しい笑みを浮かべた。
「……そう……。それならあたしも一緒。あなたの言葉の

ひとつひとつに、あたしは救われてる」

　優しく気遣ってくれる葉月の言葉に、何度も助けられている。

「……ふっ……」

「ふふっ……」

　ふたりして笑いだしてしまった。

　お互いに褒め合って……それを互いに認めない。

　そんなやりとりがおもしろくて。

「なにやってるんだかね……」

　あたしの言葉に、葉月は笑いながらうなずく。

「うん。でも、いいと思う……な。似た者同士ってことで！」

　似た者同士、か。

　葉月の言葉が、とてもうれしい。

　あたしたちは……似ているのかもしれない。

　孤独(こどく)も、つらさも……はじめて親友という存在を知った気持ちも……きっと同じだから。

「……ふふっ、それもそうだね」

　だからあたしも……彼女だけは手ばなしたくない。

　陽のこともそうだ。

　どんなに拒絶しても、遠ざけても、離れずに……あきらめずにそばにいてくれたふたり。

　世界にたったひとりの"親友"と"彼氏"であるあなたたちを……。

　手ばなしたくない。

　そう思ったんだ。

今日の体育は陽のクラスと合同で、体育館でバスケットボールになった。
　——ドンッ、ドンッ。
「こっち！　パスして!!」
「こっちよ!!」
「11対13！」
　目の前のコートでは女子の戦いが行われている。
　まぁ、あたしは見学だけども。
　ヒマになり、隣の男子のバスケットボールを見てみる。
　もちろん、陽の姿を探すためだ。
　目を凝らして、一番はしゃいでいそうな人を探す。
　案の定、陽は目立っていた。
「俺にまかせとけー!!」
　大声で手をあげるのが見えた。
　その姿に苦笑いを浮かべる。
「坂原ーっ、パス!!」
「おーうっ!!」
　坂原は同じチームから受け取ったボールを、ドリブルでゴールへと運ぶ。
　——ドンッ、ドンッ。
　スポーツが得意なだけあって、ゴールへ向かう坂原を誰も止められず、ひとり爆走状態だ。
　——ダンッ。ピーッ!!
　坂原のボールがゴールへと入った瞬間、体育の島谷先生が笛を吹く。

「坂原！　ナイス〜!!」
「お前はスポーツだけは天才的だよな！」
　陽の周りには、たくさんの友人が集まっている。
「だけはって……失礼だろ！」
　陽の言葉に、周りの人間がワッと笑う。
　彼には周りの人間を笑顔にする力がある。
　陽はあたしの自慢だし、誇(ほこ)らしい。
　そんな人があたしの彼氏って、すごいことなんだよね。
「漣さん!!　あぶない!!」
「え……？」
　そんな声が聞こえ、振り向くと……夢中になってたのがいけなかった。
　——バンッ！
　顔にものすごい勢いでボールがぶつかり、一瞬意識が飛んだ。
　そのままうしろへ倒れこむ。
「きゃっ!!」
「えっ……!?」
　すると、あたしのうしろで小さな悲鳴が聞こえた。
　あたしは誰かを巻きこんで倒れてしまったんだ。
　いけないっ！　早く立たなきゃ。
　うしろの子は大丈夫かな!?
　あわてて起きあがろうとして、手を地面についた瞬間。
「痛っ……」
　鋭い痛みが、手首に走った。

あわてて手首を押さえる。
「漣さん‼　大丈夫⁉」
　あたしがぶつかったのは、同じクラスの金宮愛子さん。
　クラスでもかわいいと人気の女の子だ。
　心配そうにあたしを見つめ、手を差しのべてくる。
「あたしは……大丈夫。あなたは？　ケガない？」
　あわてて金宮さんを見つめると、膝をケガしていた。
「……あ……ごめんなさい……。膝が……」
　あたしとぶつかったせいで、ケガをさせてしまった。
　これも視野狭窄のせいだ。
　普通に目が見えてたら、もっとうまくよけられたのに……。
　あたしの目は少しずつ……確実に、視野が狭まっている。
「これくらい、どうってことないよ！　それに、ぶつかったのは、漣さんが悪いんじゃないし」
　そう言って金宮さんは笑った。
　その笑顔が苦しい。あたしのせいで……。
　たとえ、それがどんなに小さな傷だったとしても、負わせたのはあたしだ。
　あたしが、みんなに交ざって、ただ普通の女の子でいたかったせいで……。
　「障害者だから」と、区切られたくなかったせいで……。
「…………」
　黙りこくるあたしを見て、金宮さんが笑ったように見えた。
「え……？」
　驚いて、金宮さんの顔を見つめる。

すると、金宮さんはすぐに心配そうな顔をして、あたしを見る。
「ボーッとしてたらダメだよ？　危ないからね」
「う、うん……」
　なんだろう。金宮さんの声が冷たい気がする。
　気のせい……だよね？
「幸ちゃん!!」
　すると、葉月があたしに駆けよってきた。
「葉月……」
「幸ちゃんっ!?」
　顔をあげたあたしを、葉月は目を見開いて見つめた。
　あたしが泣いていたからだろう。
「葉月、お願いがあるんだけど……。あたしはいいから、保健室に連れていってあげて？」
　そう言って、ぶつかってしまった金宮さんに目を向ける。
「ケガさせて……ごめんね……」
　それだけ言って、あたしは体育館を飛びだした。
「え？　……さ、幸ちゃん!!」
　葉月に呼ばれたけど、振り向かずに走った。
　今は……誰ともいたくない……。
　あたしは無我夢中で走った。
「はぁっ……はぁっ……」

　急いで制服に着替え、カバンを持ち教室を出る。
　あたしの目は……どんどんダメになっていってる。

今までは失明とか、そこまで実感がなかった。
　　　信じたくなかっただけかもしれない。
　　　でも……。
　　　今になって実感する。
　　　あたしの目が使い物にならなくなる日は近い。
　　　遅かれ早かれ、かならず訪れる運命だ。
　　　本当……神様が恨めしい。
　　　あたしから……すべてを奪っていく……。
「どうしてよ……。どうしてあたしなの……。どうして!!」
　　　誰もいない廊下に座りこんで叫んだ。
「……うぅっ……ふっ……」
　　　ポロポロと涙が溢れる。
　　　この行き場のない悲しみを、どこへぶつければいいの？
　　　フワッ。
「……え……？」
　　　急に視界がまっ暗になる。
　　　誰かに頭からなにかをかけられたんだ。
　　　ギュッ。
　　　そのまま、誰かにうしろから抱きしめられる。
　　　その誰かは……あたしのよく知っている人だった。
　　　優しい太陽の匂い……。
　　　あたしが一番大好きな人。
「陽……どうして……」
「ひとりで泣かないでって、言ったじゃん……」
　　　強く強く……陽はあたしを抱きしめる。

「俺……幸のそばにいる。幸の目が見えなくなっても……そばにいる」

陽が紡ぐ言葉たちが、あたしの心を太陽で照らしたみたいに温かくしていく。

「だから……ひとりで泣かないで……」

返事をせずに、何度もうなずいた。

涙が邪魔して声が出せないから……。

ギュッ。

自分から陽に抱きつく。陽は優しく抱きとめてくれる。

「……ひっく、あた……しっ……の目、ダメになってく……。あたしはっ……やっぱり、みんなと同じには……なれないんだ……っ……」

しがみつくように、陽に抱きつく。

陽はあたしの頭を、優しくなでてくれた。

「……幸は……俺らとなにも変わらない!! なにも……変わらない……」

陽はあたしの頭にかかるジャージを取った。

急に視界が開け、顔をあげると、真剣な顔をした陽がいた。

「幸は幸だろ!?」

あたしの頬を両手でつかんで陽は言う。

他の人と変わらない……あたしはあたしだと……。

「……でも……んっ!?」

その続きが言えなかった。

あたしの唇を、陽がふさいでしまったから。

「……ふっ……ん……」

涙が邪魔して、呼吸が苦しくなる。
　それでも、呼吸さえさせまいと、陽はあたしの後頭部を片手で押さえグッと引きよせた。
　長い長いキス。
　何度も何度も角度を変えては口づける。
　なにも考えられないくらいに頭がまっ白になった頃、ゆっくりと陽の唇が離れた。
「……ふぁっ……はぁっ……」
　大きく息を吸って吐く。
　甘い吐息が、陽の前髪を揺らした。
「……陽……」
　今まで何度もキスはしたけど、こんなに強引なキスははじめてだった。
　視線も合わせられず、ただ名前を呼ぶことしかできない。
「……幸のこと……すごい好きだ……だから……そんな悲しいこと言わないでよ……。俺たちは……同じだろ……？　なにも変わらない……幸は幸で……俺はありのままの幸が好きだ……」
「あたしは……あたし……？」
　あたしの言葉に、陽は強くうなずいた。
「幸は幸だ！」
　そう言ってあたしを抱きしめる。
　あたしは、陽の背中に腕を回した。
「……離さないで……ね……」
　小さくそうつぶやくと、陽はあたしを、さらに強く抱き

しめる。
「俺が……離れられないよ……」
　陽の言葉に、涙がこぼれた。
　ずっと……一緒にいたい。
　ずっと……ずっと……離れたくないよ……。
　陽の存在をたしかめるように、あたしは陽の胸に顔を埋めた。
　押しよせる不安を……拭い去るように。

chapter six

決意

【幸side】
　あれから2日、今日は学校を休んで病院に来た。
　——コンコン。
「失礼します」
　中に入ると、日比谷先生が笑顔で迎えてくれた。
「幸ちゃん、寒かったでしょう？　ここに座って」
　先生はあたしをイスに座らせて、さっそく診察を始めた。
「私生活に問題は出てない？」
　先生の質問に、思わずうつむいてしまう。
　あたしは、2日前の体育の話をした。

「幸ちゃんは、友達を傷つけてしまったことがつらかったんだね。どうだろう、これは提案なんだけど、目が見えなくなったときに困らないように、今から訓練を受けてみない？」
　先生の言葉に、あたしはうなずいた。
　あたしが……これから生きていくために……。
「せ、先生……」
「うん？」
　あたしは、ずっと不安だったことがあった。
　それは、もっと先の話なんだと思う。
　それでも、聞いておきたかった。

「失明しても……子どもは産めますか？　……育てていけますか？」

　あたしの質問に、先生は目を見開いている。

　それもそうだろう。

　高校生の口から、こんなことを言われるなんて、誰にも予想できない。

「……幸ちゃん。たしかに……失明して子どもを育てるのは、並大抵の覚悟じゃ絶対にできない。でも、失明した患者さんの中にも、子どもを育てている人はいる。だから心配しなくて大丈夫」

　そう言っておだやかに笑う。

　先生の笑顔に、あたしはホッとして息を吐いた。

「……でも、見えない中で子どもを育てるのは大変だし、覚悟が必要だ。そのことを忘れてはいけないよ」

　先生の言葉に、あたしは強くうなずいた。

「はい……ありがとうございます」

　あたしの未来が、少し明るくなった気がした。

　あたしは先生にお礼をして、病院を出た。

「目が見えなくなる……か」

　そのときが来たら、あたしはどう生きていくんだろう。

　結婚して子どもが生まれたとしても、あたしは自分の子どもの顔もわからない。

　目が見えない母親を、子どもはどう思うだろうか……。

「……赤レンジャー！！」

「わぁーっ!!」
　帰り道である川沿いを歩いていると、ランドセルをしょった小学生があたしの横を駆けぬけていく。
　立ちどまってその姿を目で追った。
　あたしのせいでイジメられたりするんだろうか……。
　陽のこともそうだ。
　盲目のあたしといたら、きっと……いや、絶対に大変な思いをさせてしまう。
　あたしは……何度、陽に頼ってきたのだろう。
　自分はかわいそうだ……不幸だ……。
　そうやって自分の運命を呪ってた。
　陽といる時間は、あたしにとってかけがえのない時間。
　陽の存在は……あたしにとっての希望で光だった。
　陽が好き……大好き……。
　だからこそ……。
「陽にとっての……一番の幸せ……」
　彼の幸せを考えなきゃ。
　あたしのそばにいて……陽は幸せになれるの？
　大切だからこそ……好きだからこそ……。
　陽には幸せになってほしい。
　ずっと頼ってばっかりじゃいけない。
　あたしは……踏みださなきゃいけないんじゃないかな？

「おはよう、幸!!」
　次の日、外に出ると、いつものように笑顔で待つ陽がいた。

「……おはよう」

　こんな毎日が……あたしにとっての幸せ。

　いつものように学校へ向かう。もちろん、ふたりで登校だ。

　卒業間近になった今は自由登校期間だから、登校する日は指で数えられるくらいだ。

「幸、これ見て！」

　陽はポケットから、ネコのキーホルダーを取り出す。

「……え？　どうしたの、それ……」

「柚がさ、どうしてもほしいっていうからゲーセンで取ったんだけど、ふたつ取れたから！」

　そう言って、あたしにキーホルダーを渡す。

「え……？」

　渡されたキーホルダーと、陽の顔を交互に見つめると、陽は小さく笑ってあたしの頭をなでた。

「あげるってこと～！」

「あたしにくれるの？」

　陽はうん、うんと、うなずく。

「ふふっ……ありがとう……」

　あたしは、ネコのキーホルダーを見つめながら、笑顔を返した。

「うん！　そんなに喜んでもらえると、あげたかいがある！」

　そう言って陽は、ニッと笑った。

　その笑顔につられて、あたしも笑う。

「大事にするね」

　ネコのキーホルダーをギュッと抱きしめて、あたしはふ

わりと笑った。
「……っ!?」
　すると、陽が顔をまっ赤に染めて固まった。
「……よ、陽……？」
　あわてて陽の肩を揺らすと、陽はあわてたように身を引いた。
「い、行こうか!!」
　あたしの手をつかんで足早に歩く。
　きっと照れているのだ。
　そんな陽の背中を、愛おしむように見つめた。

「おはよう」
　陽と別れ、自分の教室に入る。
　本に集中している葉月に、あいさつをした。
「あ！　幸ちゃん、おはよう！」
　葉月は笑顔をあたしに向けて、読んでいた本を閉じた。
「国立大学の試験対策……。また読んでたの？」
　あたしの言葉に、葉月はうなずく。
「うん！　二次試験、そろそろだから」
　そうか……。3年は進路のことで大忙しだもんね。
　本来ならあたしも、進路について考えていなきゃいけない。
　でも……。
　あたしに……なにができるの……？
　失明するあたしにできる仕事って……なに？

障害者になって、どんな夢を描けばいいの？
　陽は、兄弟のためにも進学はせずに就職するらしい。
　みんな、ちゃんと考えてるんだな……。
「幸ちゃん……？」
　黙りこむあたしを、葉月は心配そうに見つめている。
　あたしはあわてて笑顔を作った。
「なんでもないよ。大丈夫。……あたし、1時間目サボるね」
「えっ……？　幸ちゃん!?」
　あたしを呼ぶ葉月に気づかないフリをして、図書室へ向かった。

　――ガラガラガラ……ピシャンッ。
　図書室の扉を閉めて、席に座る。
　しばらくそのままボーッとしていた。
　図書室に来るのは久しぶりだった。
　最近はちゃんと授業に出ていたから。
　わかってる……わかってはいるんだ……。
　このままじゃいけない。前に進まなきゃって……。
「でも……どうしたらいいのかわからないよ……」
　あたしはどうやって生きていけばいいの……？
　あたしにできることってなに？

　1時間、どんなに悩んでも答えは出なかった。
「はぁ……」
　ため息をついて、席を立つ。

それと同時に、図書室の扉がバッと開いた。
　あわてて扉を見ると、4、5人の女子生徒が立っていた。
　なんだか……嫌な予感がする。
「いたいた」
「コイツでしょ～？　愛子」
　名前を呼ばれた女の子が、うなずいて前に出る。
「ねぇ、あんたに話があるんだけど」
　あの、クラスの人気者の金宮さんがあたしをにらみつけている。
　この前のバスケのときはあんなに優しく笑ってたのに、人は見かけによらない。
「あんた、坂原と付き合ってんの？」
　金宮さんは、あたしをにらんだままたずねた。
「はい」
　隠すこともない。そう思って、事実を言った。
「はぁっ!?　なんでお前が坂原と付き合ってるわけ？」
　金宮さんの隣にいた仲間の女の子が、あたしの髪をつかむ。
　そうか、あたしが陽と付き合ってるから、金宮さんたちはあたしにこんなことするんだ。
　好きになるまでわからなかったけど、陽はモテるし……。
「……痛いんですけど」
　そう言うと、あたしの髪をつかんでいた女の子がグイッと髪を引っぱった。
「……痛っ！」
　引っぱられたせいで、あたしは金宮さんに頭をさげる格

好になった。
「坂原があんたと本気で付き合ってると思ってんの？」
　金宮さんの言葉にあたしはうなずく。
「思ってる」
　だって……。
　陽は、遊びで付き合ったりしない。
　あんな優しい人が……そんなことできるわけないんだから。
「調子乗るなよ!!」
　──パシッ！
「……っ」
　頬に鋭い痛みが走る。驚きで言葉が出なかった。
　なんで……たたかれなきゃいけないの？
「あんた、病気なんでしょ？」
　金宮さんの言葉に目を見開く。
　たたかれたことよりも、あたしの病気のことを知っていることの方が驚きだ。
「なんでそれを……」
　知ってるのは、陽と葉月くらいのはずなのに……。
「あんたと、坂原が話してるの聞いたの。廊下でね」
　その言葉に納得した。
　２日前の体育のあとのことだよね……。
「だからなに？」
　あたしは金宮さんをにらみつける。
　病気のことを知られたって、なんの問題もない。

「坂原、あんたが病気だから仕方なく付き合ってるんだよ」
　金宮さんの言葉に、心臓がズキンと痛んだ。
「そんなわけ……」
　あるわけない……。
　絶対ちがう。
「坂原、優しいからさ～。仕方なく付き合ってんの！　わかんないの？」
　金宮さんの仲間のひとりが、笑いながら言う。
「……ちがう。陽は、あたしが病気だからとか……そういう気持ちで付き合ったりしない」
「はぁ!?　陽とか、呼び捨てで呼んでんじゃねーよ!!」
　──ドンッ……ガタンッ!!
「……っ……う……」
　金宮さんに突きとばされて、机に頭を打った。
　痛い……頭に触れると、ぶつけたところにたんこぶができていた。
「バカじゃないの？　本当にバカ。そんなに言うならさ～、たしかめてみる？」
　金宮さんの言葉に、あたしは首を傾げた。
　たしかめるって……どういうこと？

　あたしは金宮さんたちに連れられて、空き教室に入れられた。
「この教室の前に、坂原呼び出してあんたのこと聞くから。よく聞いてなよ」

金宮さんはそう言って、不敵に笑う。
　あたしには自信があった。
　陽は……あたしがかわいそうだからとか、そういう理由で付き合ったんじゃない。
　だから、おとなしくついてきた。
「じゃあ、あんたはそこにいなよ。みんなも、いっぱいいるとヘンだから、教室帰っててー」
　金宮さんはあたしに空き教室に入るように促し、他の子たちは帰らせた。

　しばらくして、陽の声が聞こえてきた。
　あたしは空き教室に隠れて、金宮さんと陽の声に集中した。
「金宮？　どうしたの？」
「あぁー……うん。ちょっといいかな？」
　さっきまでの低い声とは打って変わって、ネコなで声に変わった。
　同性ながら、女は恐ろしい。
「うん。いいけど。どうした？」
「あのぉ〜。坂原って、漣さんと付き合ってるの？」
　金宮さんの言葉で沈黙になった。
「……うー……あー……知ってたんだ？」
「うん。漣さんに聞いて……」
　って……これじゃあ、あたしが言いふらしてるみたいじゃん。
「漣が!?　金宮と仲よかったんだな！」

「うん！　漣さんとは親友だし！」
　え……？
　なんで？　いつからそうなったの？
　しかも……親友はたたいたりしません。
「だからね、病気のことも……知ってるの」
　その言葉に、「えっ？」と陽の驚いた声が聞こえる。
「漣さん、本当大変だよね……。私、力にならなきゃって思うの」
「金宮……。ありがとうな、漣のこと考えてくれて」
「そんな……当然だし。あ、でも……。坂原も大変でしょ？」
「……え？　……なにが？」
「漣さんと付き合うの。病気のこともあるし」
　金宮さんの言葉に、心臓がバクバクと鳴っている。
　陽……なんて言うんだろう。
「まぁ、そうだな」
　ズキン。
　え……？　今なんて……？
「そうだよね。でも、ひとりで大変だったら私もいるし。いつでも相談乗るよ」
「あ……ありがとな……。なんか俺、今めっちゃ感動した！」
「大げさだよ〜。漣さん、大変な思いしてきたんだろうし、かわいそうだからさ、そばにいてあげなきゃね！」
「あぁ……アイツさ、かわいそうなんだよ。だから、俺もそばにいるんだ」
　ズキン……。

かわいそう……だから……？
　　　陽の言葉が、何度もこだまする。
　　　嘘……でしょ……？
「目が見えなくなってからが大変だよね」
　　　嫌……。
「そうだな。俺も……どうしたらいいかわからない」
　　　嫌だ……。聞きたくないっ……!!
　　　耳をふさいで涙を流す。
　　　嘘だよ……嘘……。
　　　陽……ちがうよね……？
　　　ちがうよね……？
「疲(つか)れたら言ってね？　いつでも力になるから！」
「おう！　ありがとな！」
　　　疲れ……たら……？
　　　あたしは……陽を疲れさせてたの？
　　　迷惑かけてたの？
　　　優しいから……あたしの前では言えなかったの？
　　　かわいそう……だったから？
　　　病気のあたしを……かわいそうだと思ったから？
「……っふぇ……ううっ……」
　　　陽……ごめん……。
　　　あたし……君を苦しめてたんだね……？
　　　陽の足音が遠ざかると、教室に金宮さんが入ってきた。
「……っ……」
　　　なにも言えず泣いていると、金宮さんが鼻で笑ったのが

わかった。
「あーあ……。かわいそうに」
　金宮さんの言葉に、胸が締めつけられる。
「これでわかったでしょ？　坂原は、べつにあんたが好きで付き合ってるんじゃないの」
　かわいそう……だから……。
　あたしが病気だから……。
「……うっ……ぐすっ……」
　知りたくなかった。
　知らなければ……幸せなままでいられた。
「もう坂原を離してあげてよ。あんたの巻きぞえにしないで」
　巻きぞえ……。
　次々と胸に痛みが走る。まるで、鋭利な刃物で何度も突きさされているように……。
「…………」
　黙りこむあたしにイラついたのか、金宮さんは近くの机を蹴っとばした。
　——ガタンッ!!
　その音に、ビクッと肩が震える。
「別れろよ。わかった？　じゃあ、そういうことだから」
　——ガラガラガラッ、ピシャンッ!
　それだけ言いのこし、金宮さんは教室を出ていった。
「……陽……」
　名前を呼ぶ声が震える。

会いたい……。

　また抱きしめてほしい。

「あたし……すごく不安だよ……」

　そばにいてよ……。

　嘘だって言って。悪い冗談だって……。

「……っう……知りたくなかった。知らずにいたら……」

　ずっと一緒にいられた。

　知らずに……そばにいられた。

　でも……。

「もう……一緒にいられない。だって……」

　知っちゃったから……。

　あたしには……陽を苦しめてまでそばにいたい、なんて言えない。

　前から考えてた。

　陽にとっての幸せはなにかって。

「……陽と別れよう……」

　やっぱり……これが正しい選択(せんたく)だよね？

　ちゃんと離れるから……。

　陽に頼らなくていいように……強くなるから……。

「今は……今だけは……たくさん泣かせてっ……ふえっ……ぐすっ……」

　もう泣かないから。

　強くなるから……。

　あたしはひとり、教室で泣きつづけた。

別れ

【幸side】
≪話したいことがあるから、放課後に図書室に来て≫
「送信……」

　昼休み、"送信中"と表示されたケータイを見つめながら、陽の顔を頭に浮かべる。

　金宮さんとのことがあって、あたしは陽にメールをした。

　1時間目に引きつづき、2時間目も3時間目もサボってしまった。

　心が疲れはててしまったから。

　別れる。

　そう言ったら……少しは悲しんでくれる？

　それとも……あたしから解放されて喜ぶ？

　──♪♪♪～。

"受信中"

　陽からだ……。

≪了解(｀▽´ｼ)　またあとでな!!≫

　もう後戻り……できない。

　陽からもらった片翼のペンダントを手に取り、握りしめる。

　ひとりだと考えてしまうから、陽のことを少しでも考えないように、あたしは教室へ戻った。

　教室に戻ってからも、あたしは陽のことばかりを考えて

いた。
　これじゃあ、教室にいてもなにも変わんないな。
「幸ちゃん！」
　葉月が心配そうに、あたしの顔をのぞきこんでいる。
「もう学校終わったのに、ずっと座ってるから心配で……。なにかあったの？」
　もう、放課後なんだ。
　チャイムの音……聞こえなかったな。
　葉月にも心配かけて、悪いことしてしまったな……。
　きっと……葉月もしょうがなく、あたしといるんじゃないか……。
　どうしてもそう思ってしまう。
「なにもないよ。あたし、用事あるから……またね」
　そう言って立ちあがるあたしの手を、葉月がつかんだ。
「……は、葉月？」
　驚いて見つめると、葉月は真剣な顔をしてあたしを見つめ返す。
「幸ちゃん。あたしはいつでも幸ちゃんの味方だよ」
「……葉月……」
　葉月の言葉に、心が悲鳴をあげる。
　つらい……苦しい……。
　助けて……。
「それだけ……言いたかったんだ！」
　葉月はそう言って笑顔を浮かべた。
　あたしも笑顔を返す。

どうしたらいいのかわからずに浮かべたのは、とまどった笑顔だった。
「じゃ、じゃあね……」
「バイバイ！」
　逃げるようにして、教室を出る。
　誰もいない廊下を、できるだけゆっくりと歩いた。
　この先に待つのは、つらい別れだけだから……。

　——ガラガラガラッ。
「おっ、幸！　こっち！」
　陽は窓際の席に座りながら手をあげる。
　あたしも笑顔を浮かべて近づいた。
「早いね」
「今日は宮先の帰りのショートホームルームが早く終わったんだよ」
　陽は笑顔で言う。
　"宮先"とは、陽のクラス担任の宮滝先生のあだ名だ。
「そうだったんだ」
　あたしは笑顔を浮かべる。
　不思議なことに、さっきみたいに涙が出ない。
「幸、話があるんでしょ？　ここ座んなよ！」
　自分の隣の席をポンポンとたたく陽に、あたしは黙って首を振る。
「すぐに終わるから」
　そう言ってあたしは、陽を見つめた。

いつもとちがうあたしに気づいたのか、陽は笑顔を消して真剣な顔になった。
「陽……。あたし、前までは、ずっとひとりで生きていくんだって思ってた」
　誰とも関わらず……ひとりで……。
「そうすれば、自分が傷つかなくて済むから。だから、人を遠ざけてた」
　家族さえも遠ざけて……。
「でも……そんなあたしに、陽は何度も関わってきて、正直困惑してたの」
　関わりたくないのに……人のぬくもりに触れたいと思う自分に気づいてしまったから。
「……陽は何度もあたしに歩みよってくれた。だから気づいたの。逃げてばっかりじゃいけないって……」
　向き合わないといけない。
　人とも、病気とも……。
「陽が好きだって言ってくれるたび……あたし……すごく幸せだった」
「……幸……？　どうした……？」
　心配そうに陽はあたしを見あげる。
「……だからこそ……陽には幸せになってほしい。あたしは十分幸せだったから」
　本来なら……知ることができなかった幸せ。
　それをくれたのは陽だったから……。
「だから……陽、別れよう」

あたしの言葉に、陽は目を見開く。
「なんで……だよ……。意味わからない」
「別れて」
　　決意が揺らがないように、必死に服の袖をつかむ。
「別れない。幸、俺は幸といたい。なのになんで……」
「もう!!　もう……いいよ……。あたしに付き合ってくれなくていい！　あたし……もうひとりで大丈夫。陽がいなくても……平気だから!!　無理しなくていい」
　　陽には、あたしなんかより……もっといい人がいる。
　　陽に無理させてまで、一緒にいたいなんて言わない……言えないよ……。
「無理って、なんのことだよ!?　俺は自分で望んで……」
「つらいの!!」
　　あたしの言葉に、陽は目を見開く。
　　陽と一緒にいればいるほど……。
　　金宮さんと陽の会話が頭をよぎる。
　　あたしと一緒にいるのは、同情してくれてるから、なんて……つらすぎるよ……。
　　あたしには……堪えられそうにない。
「あたし、苦しいよ……。陽といるのが……。もう……あたしが壊れちゃう……」
　　今になって涙が出そうになる。
　　それを必死にこらえて陽を見つめる。
「俺といるのが……つらいの……？」
　　声を震わせながら陽は席を立つと、あたしの髪を優しく

梳いた。
　あたしは黙ってうなずく。
「離れたくない……」
　陽の言葉が胸を締めつける。
　ついに、涙が頬を伝って地面に落ちた。
　あたしは首を横に振って目をつぶった。
「……っ……幸……」
　陽はつらそうに、眉間にシワを寄せる。
　そして、あたしの頬に優しく触れた。
「……一緒にいると……俺は幸を傷つけるんだ？」
　あたしはなにも言わずに目を閉じている。
　陽の顔を見たら、引き止めちゃうから……。
「……わかった……」
　ズキン……。
　心臓に鋭い痛みを感じた。
「……ごめんな……幸……」
　つらそうにつぶやいて、陽の手があたしの頬をゆっくりと離れていく。
　陽が遠ざかっていく。
　目をつぶっていてもわかる。
　――ガラガラガラッ……ピシャンッ。
　扉の閉まる音がして、ようやく目を開ける。
「……大好きだったよ……陽……」
　涙がボロボロと溢れては、床にシミを作る。
　手に握っていた片翼のペンダントを見つめる。

「もう飛べなくなっちゃったね……」
　片翼の上に涙が落ちる。
「……うぅっ……ふっ……ぐすっ……」
　ペンダントを抱きしめて、その場にうずくまる。
　もう、さよならだ。
　本当に、さよならなんだ……。
　こんなにつらいなら……出会わなければよかったのかもしれないね。
　いや……ちがう。
　陽だったから……こんなにつらいんだ。
「バイバイ……ありがとう。大好きでした……」
　ペンダントに笑顔を浮かべて立ちあがる。
　あたしも……前に進まなくちゃ……。
　——ガタンッ。
　すると突然、前の棚から物音がした。
　あわててそっちに視線を向けると、気まずそうな顔をした男子生徒と目が合った。
　あ、この人、たしか……。
　図書委員の……。
　図書室でたまに見かけていたから顔は知ってるけど、話したことはなかったと思う。
　ていうか、今の、まさか……見られてた？
　あたしはあわててペンダントをポケットに入れると、図書室を飛びだした。
　——ガラガラガラッ。

「……逃げられた？　ってこれ、アイツの……」
　うしろでそんな声が聞こえた気がしたけど、あたしはかまわず走った。

ペンダント

【幸side】
「ただいま」
　家に入ると、部屋に戻ろうとしている望と会った。
「お帰り、お姉ちゃん……って、どうしたの、その顔!!」
　望はあたしに駆けより、心配そうに見つめてくる。
「……望っ……」
　ポロポロと涙が溢れる。
　そんなあたしを、望はあわてて抱きしめる。
「なにかあった!?」
　優しく背中をなでてくれる。
　落ちついてから、あたしはゆっくりと今日のことを話しはじめた。

「それで坂原先輩と別れたの!?」
　望の声に、あたしはうなずく。
「でも……後悔はしてないの。ずっと考えてた。陽にとってなにが一番いいのか……」
「お姉ちゃん……」
　望はあたしのことを心配そうに見つめる。
「今日寝たら、明日からは元気になるから大丈夫。ありがとう、聞いてくれて……」
　あたしの言葉に、望は首を横に振る。

「ひとりでつらいなら、あたしがいるから。いつでも聞くよ？」

望の言葉に、あたしは笑顔でうなずいた。

　——バタンッ。

「ふぅ……」

望が出ていったあと、あたしはベッドにダイブした。

「……今日だけは……自分を甘やかそう」

たくさん泣いて……明日からは笑顔になろう。

その日はご飯も食べずに、そのまま眠りについた。

「……んっ」

目を覚ますと、アラームが鳴る1時間前だった。

早起きだなぁ。

とくにやることもなく、学校に行く支度を済ませる。

最後に、あたしはポケットにあるはずの片翼のペンダントを探す。

「……あ、あれ……？」

何度探しても、ペンダントが見つからない。

まさか、あのとき……。

あわててポケットに入れたから……図書室に落としたのかもしれない。

そう思いはじめると、気になってしょうがない。

あたしはペンダントを探すために、早めに家を出た。

　——ガラガラガラッ。

学校に着くと、図書室に入って机にカバンを置く。
　それからあちこちペンダントを探したけど……。
「……ない」
　どこにあるの？
　あれは、陽からもらった大切な物なのに……。
　地面に手をついて探す。
　やだ、もう……。見えにくいし、あんなに小さいもの、本当に見つけられるのかな？
　必死に目を凝らしてみるけど、ペンダントらしきものは見つからない。
　もう、見つけられなかったりして……。
「……ははっ……どうしてかな……」
　小さく笑って座りこむ。
「泣かないって言ったのに。やっぱり……無理みたい」
　涙が頬を伝う。
　どんなに強くなろうとしても、陽のことだけは……。
「ほらよ」
　突然、背後から声が聞こえた。
　振り向くと、目の前には、なくしたはずのペンダントが揺れている。
「あ……」
　あたしは驚きでペンダントを見つめたまま固まる。
「ほら」
　声の主はあたしの前に回りこみ、ペンダントを手に握らせる。

「あ……あなた……」

　あたしは目の前の人物を見て、目を見開く。

　それは、昨日本棚に隠れていた男の子だったからだ。

「あー……昨日はたまたま、あそこにいただけだから。悪かったな、なんか」

　男の子は気まずそうに、後頭部をガシガシとかく。

「あ……あたしこそ……すみません。ペンダント、ありがとう」

　そう言って、手の中のペンダントを見つめる。

「必死に探したりして……あたし、なにしてんだろう」

　陽のことは忘れなきゃいけない。

　終わったんだから……。

　あたしから、そう決意したんだから……。

「バカ……みたい……っ……」

　またポロポロと涙が溢れる。

　目の前の男の子は、驚いたように目を見開いた。

「お、おいっ、泣くなよ……」

　男の子は面倒くさそうに、あたしの涙をガシガシと自分の袖で拭う。

「えっ……わっぷ……!?」

　驚いて見あげると、男の子は小さく笑った。

「ヘンな顔」

　その言葉に、あたしは男の子をキッとにらみつける。

「失礼な人」

　あたしはそう言って、顔を両手で覆った。

どんなに無理をしても、あたしが陽を忘れるのには時間がかかるみたいだ。
「あ、そういえば……あなた、名前は？」
　あたしは覆っていた手をどけて、男の子にたずねる。
「今さらかよ……。七瀬京矢、２年。ていうか、ここで何度も会ってんだけど」
「２年!?　同学年かと思った。でも不良……いや、少し怖い顔だったから、顔だけは知ってたんだけど……」
「言いなおしても失礼だぞ、それ。図書委員だからな、あんたがここにサボりにきてんのは知ってた」
　七瀬はあたしに視線を合わせるようにしゃがみこむ。
「先輩、でしょ」
「はいはい。先輩」
　はいはいって……。ムカつくなぁ。
「あんた、坂原先輩と別れんの？　あんなイケメンの彼氏と」
　七瀬の唐突な質問に、あたしは言葉を失う。
「見てるかぎりだと……まだ忘れられてないみたいだけどな」
「それは……七瀬に関係ない」
　あたしは立ちあがり、カバンを手に取ると、出口に向かって歩きだした。
「無理に忘れることないだろ？」
　七瀬の言葉に、足を止める。
「……忘れなきゃ……つらいから……」

それだけ言って、図書室を飛びだした。

「おはよう、葉月」
　教室に入ると、あたしはいつものように勉強している葉月に声をかける。
「幸ちゃん、おはよう！」
　あたしの泣きはらした目を見ても、なにも触れずにいてくれる。
　そんな葉月の優しさがうれしかった。
「葉月、あたし……がんばるから」
　そう言って笑顔を浮かべると、葉月はあたしの手を握った。
「ひとりじゃないよ。幸ちゃんはひとりじゃない。私に幸ちゃんがいるように、幸ちゃんには私がついてるから」
　葉月の言葉が、あたしの心の傷を癒やしてくれた。
「……ありがとう……」
　あたしたちはお互いに笑顔を浮かべる。
　葉月……ありがとうね。
　陽がいない生活に、あたしが慣れることはないだろう。
　それでも……。
　ひとりで歩いていかなくちゃ……。

道

【幸side】
　陽と別れてから1週間。
　あたしはひとりの登校にやっと慣れてきたのを感じた。
　いつもなら、陽がいたんだよね……。
　今ではひとりで登校できているのが不思議だ。
　慣れた道だからか、ほとんど見えなくてもひとりで歩けるのかもしれない。
「寒いな……」
　手にハァッと息を吹きかける。
　今では、あたしの手を温めてくれる人はいない。
　マフラーで口を隠して、少しでも寒さを防ぐ。
「幸ちゃん!!」
　うしろから名前を呼ばれて振り返ると、葉月が手を振って走ってくる。
「おはよう」
　息を切らす葉月に、笑顔を浮かべながらあいさつをする。
「……はぁっ……おはよう、幸ちゃん」
　葉月は笑顔を浮かべて、一緒に歩きだす。
「幸ちゃん、最近元気になったね」
　葉月の言葉にあたしは笑う。
「ふふっ、もとから元気だよ」
「もう！　じゃあ、そういうことでいいよ」

葉月は困ったように笑う。
「あたしね……今できることを、できるかぎりがんばってみようって思うんだ」
　葉月は「うん、うん」とうなずきながら聞いてくれる。
「あたしに幸せを教えてくれた人がいるから」
　もう大丈夫。
　こうやって少しずつ進んでいけばいい。
「幸ちゃん……。あたしに協力できることがあったら、いつでも言ってね」
「ありがとう、葉月」
　ふたりで話していると、いつの間にか学校に着いていた。

　――キーンコーンカーンコーン。
　3時間目の終わりを告げる鐘が鳴る。
　あたしは教科書を閉じて席を立ちあがった。
「あっ、幸ちゃん、サボリ？」
　葉月がタタタッとあたしに走りよってくる。
「うん。授業出るの、面倒だし。図書室で点字の勉強しようと思って」
　あたしはカバンに筆記用具など、必要な物を詰めて持ちあげる。
「あ、じゃあ、これあげる！」
　葉月は自分のポケットをガサガサとあさる。
「あった！　勉強には甘いものが最適だっていうし……」
　そう言って、あたしにアメ玉を何個かくれた。

「こんなに……ありがとう」
「私には、これくらいしかできないけど……がんばってね!」
　葉月……。
　ありがとう、葉月。
　応援してくれてるんだ。
　あたしも、がんばらなきゃ。
　葉月の言葉に笑顔を返して、あたしは図書室へ向かった。
　静まり返る廊下を、ひとりで歩く。
　みんなは授業中、か……。
　教室を見ながら廊下を進んでいると、陽のクラスの前まで来た。
　陽の姿を探しながら、ゆっくりと歩く。
「……えっ」
　陽を見つけた。
　見つけたところまではよかったんだけど、驚くべきことに、この狭い視界で目が合ってしまったのだ。
　あたしと陽はしばらく見つめ合う。
　足も無意識に歩みを止めていた。
「……陽……」
　あたしはあわてて目線をそらし、足早にその場を去った。

　——ガラガラガラ……ピシャンッ。
　図書室に入ってすぐに、扉を閉める。
「……はぁ……」
　姿を見ただけでこんなに動揺してるんじゃ、いつまで

たっても忘れられないよね。
　そのたびに実感する。
　あたしが陽をどんなに好きかってことを……。
　もうひとつ小さなため息をついて、席に着く。
　あたしは目が見えているうちに、点字の勉強を始めた。
　これから絶対に必要になってくるから。
　それに、通訳の夢もあきらめていない。
　あたしにはまだ、耳がある。
　あきらめさえしなければ……絶対に大丈夫。

　勉強を始めてから1時間くらい。
　あたしは伸びをして机に突っぷした。
　——ガラガラガラ。
　図書室の扉が開く音がして、あわてて顔をあげる。
　もしかしたら、陽かもしれない……そう思ったから。
「……よぅ」
　だけど、入ってきた人物は陽ではなかった。
　その人は、あからさまに落胆するあたしに苦笑いを浮かべる。
「お目当てのヤツじゃなくて悪かったな、先輩」
　そう言ってあたしの前の席に座る。
「おはよう、七瀬」
「なにやってんだよ」
　七瀬はそう言って、あたしの手もとをのぞきこむ。
「点字？」

七瀬は不思議そうな顔して、首を傾げている。
　当然だ。点字を勉強する人間なんて、そういない。
「そう。点字」
　あたしはそのまま点字の勉強を続ける。
　そんなあたしのおでこを、七瀬が弾いた。
「痛っ!?」
「なにするんだ」という意味をこめて、おでこを押さえながら七瀬をにらみつける。
「なんで点字なんか勉強してんだよ」
　七瀬の言葉に、ドキリと心臓が鳴った。
　七瀬にはあんな場面を見られたこともあって、いろいろ相談に乗ってもらっていた。
　というより、七瀬がしつこく聞いてくる。
　それはそれで助かっているんだけど。
　正直、ひとりで抱えこむには荷が重かったから。
　だから……七瀬には話してもいいかな。
　あたしが病気だと認めることになるけど、話さないのは、逃げるということだ。
　自分の病気と向き合うって決めたから。
　一緒に生きていくって決めたから……。
「あたし、失明するの。あと何ヶ月後……何年後なのかはわからないけど」
　そう言って笑う。
　そんなあたしを、七瀬は目を見開いたまま見つめていた。
「お前、そんな冗談笑えないぞ、って言いたいが……。本

当か?」

　驚いている七瀬に、あたしはコクンとうなずく。

「そうか……」

「……うん」

　そのまま沈黙になる。

　あぁ、どうしよう……。

　なぜか白けさせてしまった。

「……なぁ」

　そんな沈黙を、七瀬が破った。

「うん?」

　いつもより真剣な七瀬を、あたしは不思議に思って見つめる。

　しばらくそのまま見つめ合う形になった。

「…………」

「…………」

　なんだろう。

　言いかけたのは七瀬なのに。

「…………」

「……七瀬? 言いかけたなら続けてよ。沈黙が続いてて悲しいんだけど」

　そう言うと、七瀬はフイッと横を向いてしまった。

「な、なに!?」

　七瀬の横顔は、少し怒っているようにも見える。

　今の間に、あたしは七瀬を怒らせてしまったのかな……。

「……やめとけば?」

あたしとは目を合わせず、横を向いたまま七瀬はつぶやく。
「えっ……？」
　意味がわからず、あたしは彼を見つめた。
「……だから……坂原先輩なんかやめとけばって言ってんだよ」
　七瀬の言葉に、ズキンと心臓が嫌な音を立てる。
「忘れて、新しく作ればいいだろ？」
　忘れて……新しく……。
「失明するまで時間ないってのに……なんで前の男ずっと想ってんだよ」
　前の男……。
　陽は……もうあたしの彼氏じゃないんだよね……。
「見てて……痛々しいんだよ」
　それでも……。
　好きなんだもん。
　無意識に姿を探しちゃうくらい……。
「……好きなの……」
　目尻（めじり）が熱くなる。
　こんなの、七瀬を困らせるだけなのに……。
　ポンッ。
　泣くのを我慢していると、七瀬はあたしの頭に優しく手をのせた。
「七瀬……？」
　見つめると、七瀬はつらそうに眉間にシワを寄せていた。
　どうして？

どうして七瀬がつらそうな顔をしてるの……？
「……悪かった。ただ、あんたがつらそうにしてっと……俺までつらくなる」
　七瀬はあたしの頭をなでる。
　今にも泣きだしそうなあたしを、いたわるように。
「俺が……見ててやるから」
「え……？」
　七瀬の言葉に、あたしは首を傾げる。
　それって、どういう意味？
「お前のこと、見ててやる。泣いてるときも、笑ってるときも……。だからお前は、ひとりじゃねーよ」
　そう言って、七瀬は不器用に笑った。
　あまり笑わない七瀬の笑顔は、レアモノだ。
　そんな笑顔を見られただけで、不思議と心が軽くなった。
「ありがとう、七瀬……」
　だから……泣き笑いだけど、精いっぱいの笑顔でお礼を伝えた。
　あたし、ひとりじゃない。
　葉月も七瀬も……家族だっている。
　あたしには、たくさん味方になってくれる人たちがいる。
　だから、がんばろう……そう思える。
　──キーンコーンカーンコーン。
「やべ……体育……」
　七瀬は面倒くさそうに立ちあがる。
　七瀬も体育の単位だけは危ないようだ。

「行ってらっしゃい」
「おー。そんじゃあな」
　それだけ言って、図書室を出ていった。
　あたしも立ちあがり、窓に近づく。
　窓を開けると、寒い冬の風が髪をなでた。
　もうじき春が来る、そんな季節。
「……どうか……もう少しだけ、あたしに時間をください。もう少しだけ……」
　もう少しだけ……。
　この世界を見ていたい。
　治してなんて、贅沢(ぜいたく)は言わないから……。
　ねぇ……神様……。

chapter seven

雪

【幸side】
　2月最後の週が来た今日。
　病院から帰る道のりである川沿いを、望と手を繋ぎながら歩いていた。
　病気の進行が進み、ひとりでは出あるけなくなってしまったのだ。
　視野狭窄はさらに進み、今ではほんの小さなのぞき穴をのぞいているような感覚だ。
　横の視界はまったくない。見えるのは正面だけ。
　本当に少しずつだから、視野が狭くなっていくのが自分でわかるわけではないけど……。
　今、実感する。
　もう時間はないってことを。
「お姉ちゃん、見て見て、雪だよ！」
　望を見ると、目を輝かせて空を見あげている。
「え、2月に？」
　あたしも目を凝らして空を見あげると、白い小さな粒がハラハラと舞いおちてくる。
「キレイ……」
　この雪は……あたしが人生で最後に見る雪なのだろう。
　しっかりと目に焼きつける。
「お姉ちゃん、寒くない？」

望の心配そうな声が聞こえる。

　あたしは笑顔で首を横に振った。

「大丈夫。寒くないよ」

　あたしは雪に手を伸ばした。

　手に触れた雪は、一瞬にして溶けてしまう。

　儚(はかな)いものだな……。

　だからこそ、美しいと感じられるんだ。

「望、川の近くに行きたい」

「うん、わかった」

　望に手を引かれ、川へと近づく。

「……冬の川は少しさびしい。メダカもいないんだ」

　いつか、陽たちと川へ遊びにきたときのことを思い出す。

　楽しかったな。

　柚ちゃんはメダカに夢中だったし、翼くんや秋くんは水のかけ合いなんかして……。

　思い出すだけで、自然に笑みがこぼれる。

　みんなに会いたい。

　元気にしてるかな……?

　それから……陽が助けてくれたんだよね……。

　あたしはそのまましばらく、ボーッと川を見つめていた。

　何分そうしていたのだろう。体も冷えてきた。

「望!　そろそろ帰ろうか!」

　川を見つめたまま声をかける。

　でも、返事が返ってこない。

「……望？　どうしたの？」
　そう言って振り返ろうとした瞬間……。
　ギュッ。
「えっ……」
　誰かに抱きしめられた。
　あたしは怖くなってその手を振りほどこうとするけど、さらに強く抱きしめられる。
「……幸……」
　聞きおぼえのある声に、あたしは抵抗をやめた。
　嘘……。
　ありえない。
　どうしてこんなところに……？
「……ごめん」
　かすれた声で謝る。
　あたしは、この人を知ってる。
「……陽……どうして？」
　震える手で、あたしを抱きしめる陽の腕に触れた。
「幸のこと見かけたから……追っかけてきた」
「望は……？」
「望ちゃんには、俺が送るって言ってある」
　陽はそう言って、あたしの肩に顎を乗せた。
　陽の吐息が頬をかすめる。
「……やっぱり無理だ。幸が、俺といるとつらい思いするって、わかってても。わかってても、無理なんだよ……」
　陽の言葉に涙が出る。

ダメだ。
　甘えちゃ……ダメ。
　陽はあたしを気遣って言ってるだけだ。
「……もう一度……一緒にいたい……」
　陽の言葉に、あたしは首を振った。
「陽……。あたしといたら疲れるでしょう？　かわいそうだから……そばにいるんでしょう……？」
　あたしは涙をポロポロとこぼしながら、おさえきれなくなった感情を陽にぶつける。
「……幸？　なに言って……」
「隠さなくていい!!　あたし、聞いてたんだよ。金宮さんと陽が話してたの……聞いてたの」
　あたしは陽の手を振り払い、彼を見つめた。
「あたし、苦しかった……。つらかった。陽をそんなに苦しめてたなんて、知らなくて……」
「あれっ、ちがう!!　そういう意味で言ったんじゃ……」
　陽があたしに手を伸ばす。
　あたしは一歩さがり、その手を避けた。
「……あたしたちは……終わったでしょう？　別れたんだから……お互い、近づくのはやめよう？」
　ポケットから、片翼のペンダントを出す。
「陽……。さよなら……」
　ペンダントを陽の手に握らせると、逃げるように走った。
「幸っ!!」
　陽の足音が近づいてくる。

今は……会いたくないっ……。
　目の前のバス停に、ちょうどよくバスが止まっている。
　あたしはおぼつかない足取りで、それに乗りこんだ。
　——ビーッ……プシュッ。
　扉が閉まる。
　あたしは一番うしろの席に座り、うしろを振り返った。
　もうあたしの目では、陽の姿は見つけられない。
　なのに、振り返らずにはいられなかった。
　——ブロロロロ。
　バスが発車すると、あたしは振りきるように前を向き、イスに深く腰かける。
「……っ」
　また泣けてきた。
　バスの行き先は、どうやら駅のようだ。
　もうどこでもいい。早くここから離れたい。
　あたしはそのまま窓に頭を預けて、心地よい揺れを感じていた。

　——ピチャン。
　バスからおりると、さっきまでの雪は雨になっていた。
　そんなに強くはないけれど、弱くもない雨。
　結局あたしは、終点の駅までバスに乗ってしまった。
　雨に打たれながら、駅近くのショッピング街を歩く。
　人が多く、何度もぶつかる。
　日も暮れてきたせいで、ただでさえ悪い視界がもっと悪

くなる。
　それでも、ただひたすらに、ボーッと歩いていた。
「冷たいな……」
　手も……心さえも……。
　雨があたしのぬくもりすべてを奪っていく。
　傘も差さずに歩くあたしを、道行く人がジロジロと見ているけど、そんなのどうでもよかった。
　今は……陽のことしか考えられない。
「……っ……おいっ!!」
　あたし、なんでこんなところにいるんだろう……。
「……おいって……」
　どうして、あたしの決意を揺るがそうとするの……?
「おいっ!!」
　グイッ。
「……きゃっ!?」
　腕をつかまれ、バランスを崩す。
　そんなあたしを、誰かが抱きとめた。
　おそるおそる見あげると、上から七瀬がのぞきこんでいた。
「……なにやってんだよ!?」
　びしょ濡れのあたしを、七瀬は驚いたように見おろしている。
「七瀬……っ……」
　七瀬の顔を見た瞬間、涙が溢れだした。
「お、おいっ……どうした!?」
　七瀬はあわてたように、あたふたしている。

あたしはただ泣きつづけた。
　広いこの世界にひとりぼっちになってしまった……そんな不安に駆られていたのに……。
　七瀬の姿を見た瞬間、安心して涙が出たのだ。

「……落ちついたか？」
　とりあえずと、七瀬はあたしを自分の家にあげてくれ、温かいお茶まで出してくれた。
「……うん。ありがとう……」
　おまけにシャワーや服まで借りている。
　本当、どうしようもない先輩だ。
「…………」
　あたしは、ボーッとお茶を見つめる。
　頭に思いうかぶのは、立ちつくす陽の姿、表情……。
　抱きしめられた腕の強さ、太陽の匂い……。
　あんなことされたら……忘れられないじゃん。
「はぁ～……」
　そんなあたしを見て、七瀬は深いため息をついた。
「……なにかあったんだろ？」
　七瀬の言葉に、あたしはうなずく。
「なら話せよ。聞いてやるから」
　言い方はキツいけれど、それが七瀬の優しさなんだよね。
「七瀬……。ありがとう」
　あたしは川原での出来事を話した。

「……話はだいたいわかった」
 あたしが話しおえると、なにか考えているのか、七瀬は眉間にシワを寄せていた。
 あたしはそんな七瀬を見つめる。
「あんた……坂原先輩とヨリ戻す気ないのか？」
 七瀬の言葉に、あたしはうなずく。
「あたし、陽のことが好き。だから……陽には幸せになってほしいの。あたしがそばにいたら……」
「……本当にそれだけか？」
 七瀬の言葉に、心臓がチクリと痛む。
 本当は……。
「…………」
 言葉が見つからなくて、黙りこんでしまう。
「坂原先輩の幸せとか、自分の病気とか……そういうの抜きにして、あんたの気持ちを正直に言え」
 正直に……。
「……陽と……一緒にいたい……。ワガママだってわかってるけど……陽が好き……っ……」
 ポロポロと流れる涙も、今では気にならない。
 これが、あたしの本心なんだ……。
「……それが答えだろ？」
 七瀬の言葉に、目を見開く。
「でもっ……」
 金宮さんと陽の話が頭をよぎる。
 陽があたしと付き合ってたのは、あたしが病気で……か

わいそうだから。
　あたしが……陽の心を救った人間だから、恩返しのために付き合っていたんじゃ……。
　ポンッ。
「いろいろ考えるな」
　七瀬はそう言って、あたしの頭に手を置く。
「七瀬……」
「あんたの頭でいろいろ考えたって、答えは出ねぇーよ。気になることがあるなら、直接本人に聞け」
　七瀬の言葉に、心が揺れる。
　うつむいて考えこんでいると、頭の上にあった七瀬の手が、あたしの頬に触れた。
「な、七瀬……？」
　至近距離で見つめられる。
　とまどいながらも、あたしは七瀬を見つめる。
「正直言うと、俺、あんたが好きだった。けど、あんたはそれを望んでない」
　心臓の音が速くなる。
　七瀬の言葉が、何度も頭の中でこだまする。
「な……七瀬……。なに言って……」
「だから、俺はあんたの一番になれないかわりに、ダチとして支えてやりてぇんだよ」
　七瀬は頬から手を離し、もう一度あたしの頭をなでた。
　七瀬はけっして冗談なんかで言っていない。本気で言ったんだ。

いつもあたしを支えてくれた七瀬。
　背中を押してくれた人……。
　あたしは冷めたお茶に口をつける。
　あたしは、陽以外の誰かを好きになることはない。
　それでも、七瀬の伝えてくれた気持ちは忘れてはいけないと思った。
　ありがとう、七瀬。
　心の中でそっと感謝を伝えた。

　そのあと、七瀬はなにも気にすることなく話しかけてきた。
　だから、話しづらさや気まずさもなく話せた。
「そろそろ帰らないと……」
　時計を見ると、夕方の6時を回っていた。
「送る。服も乾いてるだろ」
　七瀬の言葉に甘えて、送ってもらうことになった。
「ありがとう、七瀬」
「いいから着替えてこい」
　照れている七瀬の顔を見て、つい笑みがこぼれてしまう。
「笑うな」
　──ゴンッ。
「痛っ！」
　頭に七瀬の拳が落ちてきた。
「痛いよ。七瀬、あたしのこと先輩だと思ってないでしょ」
　あたしは頭をさすりながら、七瀬をにらみつける。

「よくわかったな」

　七瀬はシレッと答えた。

　こんな他愛もない会話が楽しい。

　七瀬はあたしを気遣って、こうやってかまってくれている。

　そんな不器用な優しさが、うれしかった。

「ほら、行くぞ」

「うん」

　七瀬に手を引かれて、あたしたちは家を出た。

　外に出ると、先ほどの雨がまた雪に変わっていた。

　まっ暗でなにも見えなくても、頬に触れる冷たさが、雨とはちがって優しいからわかった。

　七瀬の顔すら見えないけれど、繋いでいる手のぬくもりを頼りに歩く。

「……七瀬、今日はありがとう」

　本当は、目を見てお礼を言いたい。

　でも、そうできないから……精いっぱい気持ちをこめてお礼を言った。

「べつに……なにもしてねぇよ。気にするな」

　ぶっきらぼうだけど、七瀬の優しさだってわかってるから、見た目が不良でも全然怖くない。

「段差あるから足あげろ」

「……ん？　ここ？」

　七瀬はあたしを見てくれている。

　だから、こんな暗闇も怖くない。信じているから。

「……家はこっちか？」
　七瀬のとまどった声が聞こえる。
　あたしの目が見えないせいで、家の場所は言葉で伝えているのだ。
「白い家なんだけど……」
「あぁ……あれか」
　どうやら見えてきたようだ。
　手を引かれるまま歩いていると、急に七瀬が立ちどまった。
　――ドンッ。
「むっ!?」
　七瀬の背中に顔をぶつけてしまった。
「七瀬、どうしたの……？」
　なにも見えないせいで不安になる。
　七瀬になにかあったのだろうか。
「……幸……」
　またちがう声が聞こえる。
　この声は……。
「……陽……？」
　どこにいるかはわからない。
　けど、前の方から聞こえた気がする。
「幸っ!!　今までどこにいたんだ!!」
　陽の切羽つまったような声が聞こえた瞬間、肩を揺すられる。
「……きゃっ……」
「こんな時間まで……危ないだろ!!」

陽があたしの肩をつかんで揺すっているのだ。
「……いいかげんにしろよ!!」
　——ドカッ。
「……っ……」
　なにかはわからない。
　鈍い音がしたと思ったら、陽につかまれていた肩が解放された。
「七瀬……?」
　あたしは七瀬の名前を呼ぶ。
　なにがあったのか、聞きたかったから。
　それでも七瀬は、なにも答えてはくれない。
「あんたが……。あんたがちゃんと守ってやらないから、コイツがこんなに苦しんでるんだよ!!」
　七瀬の怒鳴り声が聞こえる。
　陽の声はまったく聞こえない。
　なにがどうなってるの……?
「曖昧な態度でコイツを苦しめんな。あんたがコイツを守れないなら……俺が守る」
　七瀬はあたしを引きよせ、そのまま歩きだした。
「な、七瀬っ……陽は……?」
　あたしは立ちどまり、七瀬の腕を引っぱる。
「あんなヤツ……やめろ。今までは、あんたを応援しようって思ってた。でも、今会ってわかった。アイツといても、あんたが傷つくだけだ」
　七瀬は立ちどまるあたしの手首をつかみ、無理やり引っ

ぱる。
「陽のこと、なにも知らないくせに……悪く言わないでっ!!」
　涙をにじませながら、あたしは足を止める。
「あたしのっ……あたしのせいなの!!　陽は悪くないの!!」
　だから、陽のことは責めないで……。
　あたしが悪いんだから。
「バカだな……あんたは……」
　七瀬はガシガシと頭をかいた。
「悪かった……だから泣くな」
　七瀬はあたしの頭を優しくなでる。
「でも今日は、家に帰れ。遅いし、親も心配してんだろ」
「でも……」
　今にも陽のもとへ走りだそうとするあたしを、七瀬は止めた。
「……アイツと話してくる。大丈夫だ。なにもしねーから」
　そう言って、あたしの背中をポンッと押した。
「大丈夫だから。今日は休め」
「七瀬……」
　あたしは七瀬に促されるまま、家に入った。

　家に入ると、望が走りよってくる。
「無事でよかった……お姉ちゃん、ごめん!!」
　望は頭をさげた。
　そんな望に、あたしは笑顔を向ける。
「あたしのこと考えて、したことでしょ?　ありがとうね」

あたしは望の頭を優しくなでて、部屋へ戻った。
——バタンッ。
「……陽……」
今日はいろいろあった。
せっかく……陽のことをあきらめようとしてたのにな。
どんどん忘れられなくなっていく……。
「……七瀬……」
七瀬にひどいこと言っちゃったな。
七瀬だって、あたしのために言ってくれたのに。
「もう……どうすればいいの……？」
まっ暗な部屋でひとりつぶやいた。

【陽side】
「よぉ」
座りこんでいる俺に、七瀬という男が近づいてきた。
最近、幸と仲がいいみたいだ。
「あぁ……さっきはごめんな」
俺の言葉に、七瀬は目を見開く。
「いや、俺が殴ったんだ。謝るのは俺の方だ。……悪かったな」
七瀬は隣にドカッと座った。
「アイツ……まだお前が好きなんだよ。１回ペンダントなくしたことあってな、そんとき必死になって探してた。しまいには泣きだしちまって……」

七瀬は小さく笑う。
「あんなに必死に誰かを想えるヤツ……そういねぇーよ」
　七瀬の言葉に、俺は自然と笑みを浮かべた。
「あぁ……」
　ポケットからペンダントを取り出す。
　その羽を親指でなでた。
「お前らさ……お互いを想いすぎて、すれちがってるだけなんだよ。もう一度話し合えば、通じ合えんだろ」
「もう一度……」
　小さくつぶやいて、自分に言いきかせる。
「本当にアイツが大事なら、離すな。迷わずそばにいてやれ」
　七瀬は真剣な瞳で見つめてくる。
「……お前……いいのか？　お前も幸が好きなんだろ？」
　見てればわかる。
　コイツも幸を大事に思ってるってこと。
　俺の言葉に、七瀬は笑う。
「バカだな。好きだからだろ。アイツにはもう、泣いてほしくねぇんだ」
「……そうだな。俺がそばにいることで幸を傷つけるなら、離れようと思ったんだ。幸が傷つくのは嫌だ……それ以上に、俺自身が傷つけているなんて……耐えられなかった」
　ペンダントを強く握りしめる。
　もう、迷いはなかった。
「……でも、まちがってたな。俺、無責任(む せきにん)だった。幸のこ

と、ずっと離さないって約束したのに……。だから……。
今度はもう離さない……絶対にな」
　七瀬に笑顔を向けると、彼も同じように笑ってくれる。
「おぅ……。がんばれ。アイツのこと……泣かせたらぶっ
飛ばすからな」
　七瀬はそう言って立ちあがる。
「そのときは、ぶっ飛ばされるよ」
「覚悟しとけ。そんじゃあな」
　七瀬は背を向けて歩きだした。
「まったくよ……なにしてんだか、俺は……」
　七瀬のさびしそうな声に、俺は目をそらしてはいけない
と思った。
「もう大丈夫だな……幸……」
　そう言って遠ざかる彼の背中に、俺はもう絶対に幸を泣
かせないと誓った。

世界

【幸side】
「……お……ちゃ……」
　声が聞こえる……。
「……ねぇ……ん……」
　だんだんはっきりしてくる声。
　うるさいなぁ……まだ眠いのに……。
「お姉ちゃん!!」
「わっ!」
　望が耳もとで叫んだせいで、飛びおきた。
「……おはよう」
　耳を押さえながら、あいさつをする。
「おはよう。ご飯だって！　ほら、手出して」
「はぁーい……。ありがとう」
　あたしが手を出すと、望が引っぱってくれる。
「階段あるよ」
「大丈夫。階段は見えるから」
　これ以上、視野狭窄が進んだら……ひとりで階段もおりられなくなる。
「……望……」
「ん？」
　階段をおりながら、あたしは望に声をかけた。
「階段って、こんなに怖いものだったんだね……」

今でさえ怖い。見えている範囲が狭いだけあって、落ちそうな感覚に陥る。
「お姉ちゃん……。大丈夫だよ！　何度だってあたしが支えるから！」
　望の言葉に笑顔を返す。
「頼りにしてるよ」
　前までは、恨まれて、嫌われていたのに。
　今ではこんなに……通じ合えている。
「……望がいてくれて……よかった」
「お姉ちゃん……。あたしもだよ」
　笑顔を交わしてリビングのドアを開けると、お父さんとお母さんの笑顔があった。
　こんな幸せな時間が……ずっと続いてくれますように。

　それから数日。
　あたしはなんの変哲もない平和な毎日を過ごしていた。
　カレンダーに近づいて、今日の日付を指でなぞる。
　２月ももう終わる。
　この１年、いろんなことがあったな。
　陽……。
　あの日以来、陽とは会っていない。
　会いたい……。
　けど、会いたくない……。
「陽……」
　ケータイを握りしめ、ベッドに横になる。

もしかしたら、陽から連絡が来るかもしれない……。
　そう思って、こんな風にケータイを肌身離さず持っている。
　来るわけないのに……。
　たとえ来たとしても、陽に近づいたら……離れられなくなる。
　だから……会えないのに……。
　そんなことを考えていると、いつの間にか眠りについていた。

　――♪♪♪～。
「……ん？」
　着信音で目が覚める。
　あわててケータイの画面を見ると、陽からの電話だった。
「う、嘘っ……」
　なんで……本当に来ちゃった……。
　出ようか出まいか悩んでいると、着信音が途絶えた。
　いいんだ、これで……。
　お互いのためだから。
　――♪♪♪～。
　すると、また陽から電話がかかってきた。
　ケータイを握る手が震える。
「……陽……」
　通話ボタンに親指を乗せる。
　ほんの少し力を入れさえすれば、陽と繋がる。
　――ピッ。

『……陽……あたし……』

『……さ、幸!?』

『…………』

　つい押してしまった。

　あたしが出るとは思っていなかったのだろう。陽の焦った声が聞こえる。

　どうしよう……なにを言っていいのかわからない。

『……幸……?』

『……うん』

　陽の存在を近くに感じる。

　たかが電話なのに……陽との距離が、ずっと縮まった気がした。

『……話がある。もし聞いてくれるなら、出てきて。家の前にいる』

　ドキン……。

　心臓が脈を打つ。

『俺……ずっと待ってるから……さ……』

　風の音がする。

　陽は本当に外にいるようだ。

『……あたしは……行かない。だから……家に帰って』

　あたしが行ったら、ダメなんだ……。

『待ってるよ……幸……』

　──プツッ。

　陽はそこで電話を切った。

　あたしはケータイを耳に当てたまま、しばらく動けな

かった。
『待ってるから』
　陽……あたしは行けない……。
「……行けないよ……」
　だから、お願い……。
　家に帰って。
　こんなに寒い中、陽ならずっと待つつもりだろう。
「……さよならって……言ったでしょ……」
　もう終わったんだよ……。
　だから……あたしのために、そこまでしないで……。
"陽のそばにいたい、今すぐ会いにいきたい"
　そんな気持ちと……。
"もう会いたくない……傷つきたくない"
　そんな気持ちがせめぎ合う。
　あたしは自分の体を抱きしめた。
　陽への気持ちを、必死におさえるかのように……。

　数時間後。
　窓を開けると、冬の冷たい風が部屋に入ってくる。
「寒い……」
　陽……この中でまだ待ってるの？
「前にも、こんなことあった……」
　あたしたちが出会ったばかりの頃……。
「……陽……っ!!」
　思い出すと、いてもたってもいられなくなり、マフラー

を手に部屋を出る。
　階段をできるだけ早足でおりた。
「お姉ちゃん!?」
　靴を履くあたしに、望が駆けよってくる。
「どこか行くの!?」
「あたし……やっぱりほっとけないみたい」
　苦笑いを浮かべて、玄関のドアの前に立つ。
「……お姉ちゃん。がんばれ……」
　望はすべてを理解したように、そう言ってくれた。
　その言葉に背中を押されるように、あたしはドアを開けた。

　外へ出ると、こちらに背を向けて立つ陽のうしろ姿が見えた。
　その背中にゆっくりと歩みよる。
「ふぅ……」
　呼吸を整え、陽へ向かって手を伸ばす。
「……バカ……」
　そして、うしろから陽をそっと抱きしめた。
　陽の肩がビクッと震える。
「……来て……くれたんだな」
　陽は振り返り、笑顔を浮かべる。
「陽……あたしは……」
「俺から言わせて」
　言葉をさえぎられ、あたしは口を閉じた。
「幸……。俺、幸が好きだ。それ以外の理由なんてない」

陽は真剣な瞳で、あたしを見つめる。
「でも、あたしがかわいそうで……一緒にいると疲れて……あたしといると大変だって……」
頭がごちゃごちゃで、ちゃんと言葉にできない。
「……俺は、人に頼ることを知らずに生きてきた幸がかわいそうだって思ったんだ。だから、そばに……一緒にいることで、少しでも幸が甘えられるようになったらいいなって……」
ギュッ。
陽はあたしを強く抱きしめる。
「……幸……俺は幸のそばにいたい……。幸が病気だからとか、そんなの関係ない。幸が好きだから」
「……陽……でも、あたし……。陽のそばにいたら、絶対重荷に……」
「幸はどうしたい？　重荷とか、俺のためだとか……そういうのはいいんだ。幸は……どうしたい？」
あたしは……。
あたし自身が望んでいることは……。
「……そばにいたい……。陽のそばに……いたいよ……」
涙が頬を伝う。
　一緒にいることで、陽に大変な思いをさせるとしても……やっぱり一緒にいたいんだ。
「……俺もそばにいたい。いさせて……」
陽の言葉に、迷いが少しずつ消えていく。
「……あたし……も……」

「……ん……」

　言葉に詰まるあたしを、陽は優しい眼差しで見つめている。

「そばにいたい……。いさせて……」

　あたしの言葉に、陽は笑顔を浮かべた。

　そして、あたしの頬を両手で包む。

「……好きだ……幸……」

　そう言って陽は、あたしに口づけた。

　深く……何度も何度も……。

　今まで、離れていた時間を、距離を……溝を埋めていくように……。

「幸……」

「……ん？」

　陽は笑顔で、あたしの首のうしろに腕を回した。

「陽……くすぐったいっ……」

　首のうしろで、陽はもぞもぞと手を動かしている。

「我慢、我慢！　えーっと……。よし！」

　陽は満足そうに笑顔を浮かべ、あたしをじっと見つめる。

「これで飛べるな……」

　陽の言葉で気づいた。

　あたしの首にかけられたペンダント。

　それは……陽とあたしを繋ぐ、片翼のペンダントだった。

「ふたりでなら……どこまででも……」

　あたしはそう言って、陽の首にかけられたペンダントに、自分のペンダントを合わせた。

　ふたつの片翼のペンダントが合わさり、完全な翼になる。

この翼は、きっとどこまでも羽ばたける永遠の翼なんだ。
「……愛してる……幸……」
　陽の言葉は、魔法の言葉だ。
　あたしを幸せにしてくれる……魔法の言葉。
　涙は止まることを知らなくて、止めどなく流れる。
　その涙を、陽は何度も拭ってくれた。
「幸は泣き虫だな」
　陽はあたしのまぶたにキスをする。
　もう泣かないようにと。
「……陽のせいだよっ……ぐすっ……あたしも……愛してるっ……」
　お互いに顔を寄せ合う。
　一瞬見つめ合い、またゆっくりと唇を重ねた。
"愛してる"
　好きよりも大きくて……誰よりも愛しい人に伝える言葉。
　だからあたしは……君に何度も伝える。
「愛してる」

　陽ともう一度付き合うことになってから、あたしたちはふたりでいろんなところへ行った。
　いつもの川原に、いつか行った植物園。
　水族館に遊園地……。
　あたしの目が光を失う前に、いろんな物を見せてやるって、陽があたしを連れていってくれたのだ。
　でも、どんなにキレイな景色よりも、あたしが覚えてい

たいのは……。
　陽のいろんな表情、仕草だった。
　陽があたしにくれた、たくさんのモノ。
　それは、あたしの一番の宝物だった。
　だから……。
　光を、世界を失っても……。
　生きていける。
　だって、そばには君がいてくれるから。

桜

【幸side】
　３月９日、今日であたしは高校３年間の課程を終えた。
　といっても、３月中はまだ高校生なのだけれど。
「幸ちゃん!!」
　遠くの方から、葉月の声が聞こえる。
　声のする方へ体を向けると、誰かがあたしの手を握った。
「幸ちゃん、葉月だよ」
　あたしの手を握りながら、葉月が声をかけてきた。
「葉月……桜は咲いてる？　さっきから、顔になにかが当たるの」
「咲いてるよ！　満開とはいかないけどね……。ほらっ」
　葉月は、あたしになにかをさわらせる。
　これは……。
「桜……？」
「そう、桜だよ」
　あたしの目は、もう見えない。
　進行が早かったせいか、完全に失明してしまったのだ。
　それでも……前よりは絶望していなかった。
　こうやって、みんなが支えてくれるから。
　あたしの目が見えなくなっても、こうやって手を引いてくれる人がいてくれるから。
「今日も坂原くんと帰るの？」

葉月の言葉に、あたしはうなずく。
「校門で待ち合わせしてるの。陽は教室にいろって言ってたけど、あたしだってひとりで歩けるんだから！って抗議したら、しぶしぶ許してくれた。校門までだけどね？」
　あたしは視覚障害者が使用する白杖を葉月に見せながら、苦笑いを浮かべた。
「もう……。幸ちゃんは無理ばっかりして！」
　葉月の言葉に、あたしは笑う。
「大丈夫。あたしが無理しても、支えてくれる人たちがいるから」
　あたしの言葉に、葉月は黙ってしまった。
　たぶん、うれしそうに笑っているのだろう。
　なんとなくだけど……そうだったらいいなと思う。
「校門まで送るよ」
「いいの。ひとりでやらせて？　やれることは、がんばってやりたいの」
　あたしはそう言って笑った。
「わかった。じゃあ、うしろから見守ってるよ」
「葉月、信用してないの？」
「お手並み拝見！」
　そんな葉月とのやりとりに、噴きだしてしまう。
「卒業しても、葉月はあたしの親友だよ」
　あたしの大事な親友……。
「幸ちゃん……。あたしも……幸ちゃんは大事な親友だよ」
　そう言って、お互いに笑い合った。

葉月の顔は見えないけど、たぶん笑顔だ。
　あたしは葉月と別れて前に進む。
　——カツン、カツン……。
　白状を頼りに前へ進む。
　最初は怖かったけど、今はだいぶ慣れてきた。
「卒業おめでとうございます。先輩？」
「わっ!?」
　至近距離からつぶやかれ、驚いてバランスを崩す。
　そんなあたしを、誰かが抱きとめた。
「動揺しすぎだろ」
　あきれたように言いはなつこの人物には、心当たりがある。
「……七瀬？　あたしのこと、先輩だって思ってないでしょ」
　年下のくせに、あたしより大人っぽい七瀬だ。
「よくわかったな」
　あたしを支えながら、七瀬は笑った。
「もう……。でも七瀬、今のあたしがいるのは、あなたのおかげだよ。ありがとう……」
　七瀬に向かって頭をさげると、七瀬はあたしの頭に手を置いた。
「なに言ってんだよ。俺はなにもしてねぇ……」
　ぶっきらぼうな言い方に、つい笑ってしまう。
「笑うな」
　ピンッ。
「痛っ！」
　額がジワジワと痛む。

どうやら七瀬にデコピンされたようだ。
「もうっ！」
　おでこを押さえながら、小さく笑う。
「本当……ありがとう。七瀬、高校がんばって」
「あぁ、仕方ねぇから、がんばるよ。面倒くさくなったら、図書室でサボるから心配すんな」
　七瀬はそう言って、あたしの頭をガシガシとなでた。
「ふふっ、それはそれで心配だよ。単位落とさないでね？」
　まぁ、サボってたあたしが言うのもヘンだけど。
「……幸せになれよ……」
　七瀬の言葉に、あたしは笑顔を浮かべる。
「もう……幸せだよ……。七瀬こそ、幸せになって……」
　あたしは手探りで七瀬の手に触れる。
　そして、そのまま握った。
「支えてくれてありがとう……」
「だから、俺はなにもしてねぇーよ……。ほら、そろそろ坂原先輩、来るんだろ？　早く行け」
　七瀬はあたしの背中を軽く押す。
"がんばれ"
　そう言われた気がした。
　七瀬とも別れて、あたしはまた前に進む。
　――カツン、カツン……。
　これでお別れじゃない。
　いつだって会える。
　同じ空の下にいるのだから。

そう思いながら歩いていると……。
　　グイッ。
「えっ!?」
　　急に腕を引かれた。
　　その反動で白杖が手からすべり落ちる。
「……よ、陽？」
　　すると、腕をつかむ誰かの手に力が入った。
「い、痛いっ……」
　　陽……？
　　どうしてなにも言ってくれないの？
　　つかまれた腕が痛い。
　　そのまま、どんどん前に引っぱられていく。
　　……怖い。
「……ねぇ！　なんなの!?」
　　その瞬間、つかまれていた腕が離された。
　　急に不安になる。
　　白杖もない、支えてくれる人もいない。
　　世界でたったひとりになったみたいだ。
「う、嘘っ!!　あれ、やばくない!?」
「危ないっ!!」
　　たくさんの声が聞こえてきて、さらに不安が増した。
「な、なに……？　なんなの？」
　　あたしは怖くて立ちすくむ。
　　嫌……。
　　なに……？

「……死んじゃえ」
　聞き覚えのある声が、あたしの耳に届いた瞬間……。
　──ドンッ！
「……っ!?」
　あたしの体は、誰かに突きとばされた。
　すべてがスローモーションのように感じる。
「幸っ!!」
　体が地面に着くまでの間に、愛しいあの人の声が聞こえた。
　──バンッ!!　キキ──ッ!!
「……うぅっ……」
　あたしは頭をなにかにぶつけた。
　そのなにかに触れると、ガードレールのようだった。
　なんで……あたし、こんなところに？
　ここは道路なの？
「キャ──ッ!!」
「きゅ、救急車呼べ!!」
　あちこちから悲鳴や、サイレンの音が聞こえる。
　なに？
　なにがあったの……？
「おい!!」
　誰かに肩をつかまれる。
「い、嫌っ……な、なに……？　なにが……」
「しっかりしろ!!」
　あ……この声は……。
「七瀬……？」

「あぁ、そうだ。いいか？　落ちついて聞け」
　七瀬の声が震えている。
　……なに……？
　嫌な予感がする。
　この先は聞きたくない……。
「坂原先輩がトラックに跳ねられた」
　え……？
　血の気が引いていくのがわかる。
　頭で理解できない。
　どういうこと……？
「お前を……かばって……」
　心臓の鼓動が速まる。
『死んじゃえ』
　そう聞こえた瞬間に起きた出来事。
　あの声は……。
　金宮さん……。
　あたしを殺そうと……？
　それなのに、かわりに陽が……。
　あたしは地面に手をつきながら、陽を探す。
「陽……陽……？」
　放心状態のまま、あたしは陽を探す。
「陽っ……陽!!　どこにいるの!!」
　叫びながら手探りに進む。
　陽が跳ねられた……。
　あたしをかばって、陽が……。

「……さ……ち……」
　か細い陽の声が聞こえる。
「……陽っ!!　……陽!!」
　何度も名前を呼ぶ。
　どうしてこんなときに……。
　君のそばにも行けないなんて……。
　くやしくて涙が出る。
「……さ……ち……無事で……よか……」
　こんなときまで、あたしの心配なんかして……。
　陽は近くにいる。
　陽の声が聞こえる距離にいる。
　なのに……。
　どうして……どうして、君のそばに行けないの？
「さ……ち……」
　あたしは必死に手を伸ばす。
　その手を、誰かに握られた。
　声を聞かなくてもわかる。
　この手は……君の手……。
「陽っ!!」
　その手を両手で包みこみながら、強く握った。
「……はぁっ……無事……よか……った……」
「なに言って……自分の心配してよっ……」
　陽の手はものすごく冷たくて、ドロドロとした、鉄の匂いのする液体がついている。
「……こ……れ……」

それが血だと気づくのに、時間はかからなかった。
「……う、嘘っ、嫌だ……陽っ!!」
「……泣く……な……」
　陽の手が、あたしの手を弱々しく握り返す。
「……本当……危なっかし……な……。幸……は……」
　顔は見えない。
　見えないけど……。
　きっと陽は無理に笑ってる。
　あたしを安心させようとして……。
「……幸……ごめ……」
「なに言って……なに言ってんの!!」
　ごめんってなに？
　意味わからないよ……。
「ずっと……そばに……って……約束……たのに……」
「……なに言って……。これからも……そばにいてくれるんでしょっ……!?」
　陽の手を抱きしめる。
　今にも消えてしまいそうだったから……。
「……俺……幸とい……ら……れて……っ……」
　陽の言葉に、首を横に振る。
「……幸せ……った……。世界で一番……幸を愛して……る……」
「あたしだって……あたしだって……っ……」
　涙が邪魔して、言葉にできない。
「……愛して……る……」

陽はあたしの頬を、愛おしそうになでる。
「……あたしも……愛してる……」
あたしの頬に触れる陽の手に、自分の手を重ねる。
「……さ……ち……」
陽の手が、ゆっくりとあたしの頬を離れていく。
時間が止まったんじゃないか……。
そう錯覚してしまうほどに。
「急げ!!」
「出血が多い……脈は!?」
「心肺停止です!!」
救急車が到着したらしく、切羽つまった声が聞こえてくる。
陽の手が……ぬくもりが消えてしまった。
あたしはそのまま、座りこんでいた。
涙は止まってしまっている。
「……陽……?」
あたしは陽の名前を呼ぶ。
だけどもう、返事は返ってこなかった。
その場から動けずに、放心状態のまま座りこむ。
陽……?
どうして返事をしてくれないの？
どうして……。

あのあと陽は病院に運ばれたけど、何度名前を呼んでも、目を覚ますことはなかった。
あたしも家族や七瀬たちに付きそってもらって、病院に

来ていた。
「ご本人は延命を希望されてますか？」
　手術が終わり、病室で先生がそんなことを言っているのが聞こえる。
　延命……。
　先生の言葉の意味が理解できなかった。
　……なにを言ってるの？
　陽に抱きついていたからわかる。
　陽の心臓は、今だってドクドクと脈打っている。
　白衣を着た先生が、陽をあたしから奪ってしまう恐ろしい悪魔のように思えた。
「陽は……目覚めないのでしょうか……」
　陽のお父さんは、単身赴任先から駆けつけたらしく、スーツを着ているらしい。
「坂原陽さんの脳は、多くの機能を失い、これ以上の回復は……」
　先生の言葉に、その場にいた陽とあたしの家族、そして七瀬と葉月、全員の息をのむ空気が伝わってきた。
「植物人間、というのをご存知でしょうか？」
「それはっ……」
　陽のお父さんは、泣いているのだと思う。
　声が震えているから……。
「坂原さん……」
　あたしのお父さんが、陽のお父さんを気遣うように声をかける。

「陽がっ……そんなっ……。コイツ、本当にバカなヤツだけど、誰よりも優しくて、いい子なんです!! そんな、もう目が覚めないなんて、嘘ですよね!?」
　陽のお父さんが悲痛な声をあげた。
「残念ですが……。延命をするかどうか、十分に話し合ってください」
「先生!!　助かるって言ってください!!」
　陽のお父さんの声が、遠くに感じる。
　あたしにとって、これは現実ではないような気がしていた。

　しばらくして、ひとつの足音が離れていった。
　それが先生だと気づく頃には、誰ひとり言葉を発していなかった。
「陽……」
　あたしは、ベッドに横になる陽の頬を両手で包んだ。
　温かい……。
　やっぱり、陽は生きてる。
「陽、陽は死なないよね……?」
　陽、答えて。
　お願いっ……答えて!!
　強く強く、心に願う。
　そうしたら奇跡が起きて、陽が目覚めてくれるような、そんな気がしたから。
「陽、お願い……幸って呼んで?　また、あたしに笑いかけて……」

陽はいつだって、太陽みたいに笑うんだ。
　だから、また……。
　頬に触れ、あたしは陽が笑っていないかたしかめる。
　だけど、その表情に変化はなかった。
「あたしをひとりにしないで……陽は、あたしの希望なんだよ……？」
　ツゥ……と涙が頬を伝い、陽の顔に落ちたのがわかった。
「あたし、どうやって歩いていけばいいの？」
　陽が手を引いてくれなきゃ、あたしはどこへも行けないんだよ？
「陽がいない世界で、あたしは生きていけないんだよ……」
　陽の額に自分の額を重ねる。
　あたしもいっそ、眠ってしまいたい。
　どうしたら、陽と同じところへ行けるの？
　胸の中にあるのは絶望だけだった。
　まるで生き地獄のようで、これから先、陽なしでひとりで生きていくことを考えたら、苦しくて息ができない。
「陽っ……陽っ……」
　ポタポタと流れては落ちる涙は、いつになったら枯れるの？
「あたしも陽のところへ行くから!!　だからっ……」
　連れてってよ!!
　どこへだってついていくから!!
　無理だよっ……あたしひとりなんてっ……。
　そのとき、陽の頬に触れていた右手に、温かい雫が触れた。

「っ!!」
　これ、あたしのじゃない……。
　それじゃあ……!!
「陽……泣いてるの……?」
「陽、お前……」
　あたしの隣に、陽のお父さんが立つのがわかった。
「ぐすっ……お兄が泣いてるの?」
「お兄……うぅっ…」
　秋くんと翼くんが泣いている。
「お兄……なんで寝てるの?　起きて、お兄っ……」
　柚ちゃんも泣いている。
「陽………」
　あなたのために、こんなに泣いてくれる人がいる。
　……陽は、こんなにも多くの人に愛されてるんだね。
　それは、陽がいつでもみんなに優しくて、みんなを笑顔にしてきたからだ。
「陽……あたし、あたし……」
　陽の涙に触れて、あたしは泣いた。
　あたしが陽のところに行くって言ったから?
　だから、陽は涙を流したの……?
　なぜだか、陽はあたしを想って泣いてくれているような気がした。
「こんなときまでっ……うぅっ!!」
　一番大変なのは陽なのに!!
　なにやってんの!?

「おい、お前……」
「幸ちゃん……」
　嗚咽して泣くあたしを、七瀬と葉月が心配して支えてくれる。
「ごめん……ごめんなさいっ……」
　泣きくずれて、陽の手を握りしめる。
　あたし、こんなときまで自分勝手だった。
　陽は、あたしが記憶をなくしても、目が見えなくなっても、そばにいてくれた。
「あたしのことっ……信じてくれてた……」
　それなのに、あたしはどうだった？
「陽の、生きる力を信じてなかったのは、あたしだっ!!」
　あたしが信じないでどうするの？
　陽は、あたしの目になるって言ってくれた。
　今、あたしが陽にできることは……。
「陽……あたし……」
　たとえ、陽がこのまま、眠ったままだったとしても……。
「ずっと、ずっと陽を待ってる」
　うまく、笑えたかな。
　陽……。
　陽の時が止まったって……。
　あたしだけが、流れる時の中を生きていくのだとしてもね。
　あたしは、陽が好きだと言ってくれたあたしでいるために、陽の分も、陽に恥じないように生きていくから……。
　これは決意だった。

「もう……泣くのはこれで最後にする。だから陽、きっとまたっ……」

　泣き笑いの顔のまま、そっと陽の唇に口づけた。
　幸って名前を呼んで、太陽みたいに笑って……。
　その日が来るって、信じてるから。

最後に君を

【幸side】
　あれから５年という月日が過ぎ、あたしは23歳になった。
　３月９日。
　５年前のこの日、あたしのこの世でもっとも大切な人は、長い長い眠りについた。
　いまだに、陽は目覚めていない。
　あのとき、こんなことになる原因を作った金宮さんのことは、今でも許せない。
　でも……。
　金宮さんは陽のことが好きで、なにを差し置いても手に入れたいくらいに誰かを想う気持ちは、あたしにもわかる気がした。
　まぁ、そんな風に思えるようになったのは、最近だけれど。
　あたしも少し大人になったのかな。
　本当ならあのとき、あたしが陽のように、眠りについていたかもしれない。
　陽が繋いでくれたあたしの命。
　だからあたしは精いっぱい、できることをするって決めた。

「I'm glad to meet you, Mike」
（マイクさん、お会いできてうれしいです）
　あたしは笑顔で、今日の商談通訳の依頼者に握手を求める。

「Are you Sachi? I hear that you are an excellent interpreter」
（君が幸かい？　とても優秀な通訳士と聞いているよ）

マイクは笑顔であたしの手を握り返す。

そう、あたしは盲目ではあるけれど、必死に勉強して通訳士になり、こうして商談の通訳に関わって仕事をしている。

スーツに身を包み、高いヒールを履いて胸を張り、太陽の下、自分の障害に臆することなく、今を生きている。

もし、時間を巻きもどせるとしたら……。

昔のあたしなら、あの事故の日に戻って、陽を助けたいと願っただろう。

でも……。

今のあたしは、陽の分も一緒に生きている、ふたりの人生。

だからあたしは、簡単に"今"を捨てられない。

陽が目覚めたら、今度はあたしが、陽の手を引いて生きていくって決めたんだ。

あたしは今も、陽が目覚めて一緒に生きていく未来を信じている。

——カツン、カツン……。

「あら、漣さん、今日も仕事帰りなの？」

「はい、でも今日は午前中まででしたから」

すっかり馴染みになった看護師さんに、あたしは笑顔を向ける。

「さっき、お友達がふたり来てたわよ。入れちがいになっちゃったわね」

友達……たぶん、七瀬と葉月だ。
今日も来てくれたんだ。
それがうれしくて、自然と笑顔になる。
最初の頃は、陽の病室まで行くこの道のりが、すごくつらかった。
どんなに泣かないと決めても、前を向くって決めても……。
もう陽は二度と目覚めないかもしれない……。
そんな不安に押しつぶされそうになっていた。
でも、陽はそんなとき、"ここにいるよ"って、指先を動かしたりして、あたしに教えてくれた。
『先輩、あんたのこと好きすぎだろ』
そう言って、苦笑いを浮かべる七瀬の言葉に。
『坂原くん、今日は少し手を動かしてたよ』
少しの変化でも一緒に喜んでくれる葉月に。
あたし以外にも陽の目覚めを信じてくれる人がいるんだって、支えられた。
それに……。
病室で、陽のお父さんに会ったときのことだ。

『幸ちゃん、私はあのとき、陽が目覚めることはないんだと、すでにあきらめていたんだ』
『お父さん……』
陽のお父さんは困ったように笑った。
『でも、幸ちゃんの言葉に気づかされた。陽は、こんなにも生きようとしていたことにね。本当に、本当にありがと

う』

　陽のお父さんは、あたしに笑いかけてくれた。

　見えないけれど、そう思った。

　その声は、まるで……。

『陽……』

『え?』

『あっ、すみません!　その、お父さんは、陽の笑い方とそっくりだったので、つい』

　あたしが言うと、陽のお父さんはうれしそうに笑ったのを覚えている。

　陽……。

　みんなが、陽のことを待ってるよ。

　だから、早く目を覚ましてね。

　あたしは病室の扉の前に立ち、取っ手に手をかけた。

　陽は、あたしの隣を歩いているように見えて、あたしにわからないように、いつも半歩前を歩いて守ってくれてたんだよね。

「陽」

　何年、何十年でも……この扉を開けるとき、あたしは開けた先にある笑顔を待ちつづける。

　だから……。

「陽、会いにきたよ!!」

　いつでも笑顔でこの扉を開ける。

「さ……ち……」

「……っ!!」
　少しかすれた、弱々しくて小さな声が聞こえた。
　う、そ……。
　あたしは病室の入り口で立ちどまってしまう。
　ずっと聞きたくて、聞きたくてたまらなかった声のはずなのに、言葉さえ出ない。
「幸……」
　今度はしっかり、あたしの名前を呼ぶ大好きな人。
　──カラン、カランッ。
　白杖があたしの手からすべり落ち、おぼつかない足取りで彼のもとへと駆けだす。
「陽‼」
　手を伸ばすと、弱々しいけど温かい手が、あたしの手を優しくすくいとる。
「陽っ……陽っ‼」
「泣き……虫……」
　陽が目覚めたときは笑うって決めてたのに、泣きじゃくるあたしを、陽は笑った。
　陽は横になったまま、あたしを胸へと引きよせる。
「陽っ……あたしっ‼　陽に話したいことがたくさんあるんだよ‼」
「ははっ……俺、も……。幸の話……聞きたい……」
　陽は目覚めたばかりでうまく話せないのか、ときおり言葉がとぎれるけど、今たしかにあたしと言葉を交わしてくれている。

それが、泣きたいくらいうれしかった。
　……ずっと願っていた奇跡が、起きたんだ。
　話したいこと、いっぱいあるけど……。
　陽が目覚めたら言おうって決めていた言葉がある。
「陽……おかえりなさいっ!!」
「ただいま……幸……」
　――カツン。
　あたしと陽のペンダント、ふたつの翼が重なり合う。

　あたしの最後の景色は、君でした。
　あたしの一番大好きな君の笑顔を見ることは、もう叶わないけれど……。
　あたしは、その手で君のぬくもりを。
　匂いで君の存在を。
　唇で君の愛を感じる。

「幸……俺、最後に見るなら……幸の笑顔……が見たかったから……」
「陽……それは、あたしも同じ。でももう、最後なんてない。あたしたちはこれからでしょう？」
　あたしは、陽の頬を両手で包む。
「やばい、俺、幸せすぎて……泣けてきた……」
　あぁ、陽が……笑ってる。
　やっと、また笑ってくれた。
「泣けば？　しょうがないから、抱きしめてあげる」

あたしがギュッと抱きしめると、陽はおかしそうに笑った。
「幸……キレイになった……。ずいぶん、待たせた……んだな」
　不安そうに、そしてさびしそうに笑っているであろう陽に、あたしは笑いかける。
　陽があたしの手を引いてくれたように……。
「今度はあたしが陽の手を引くから、一緒に歩いていこう」
　陽の時間が、あの日から止まっているのなら、あたしが陽を迎えにいく。
　ゆっくりでいいから、一緒に未来を生きていくんだ。
「俺……幸が好きすぎて、怖いや」
「なに言ってんの、バカ！」
　そう言ってノロケる陽に、あたしは笑う。
「I love you more than you love me」
「え、俺……英語、わかんねぇ！」
「ふふっ、教えてあげない」
「幸〜っ!!」
　いつか、気が向いたら教えてあげよう。
　あたしが、どれだけ陽のことが好きなのかを。

　I love you more than you love me.
　"君が私を愛している以上に、私は君を愛している"

End

あとがき

はじめまして、涙鳴です。
このたびは、皆様に支えられて『最後の世界がきみの笑顔でありますように。』という作品を書籍化できたことをうれしく思っています。

野いちごのサイト版と書籍版では、物語のラストが変わっているので、書籍からこの作品を読んでくださった方は、是非野いちごのサイト版も読んでみてください！
またちがった世界観が楽しめると思います。

この作品では、家族のことや友情、病気、恋で揺れる幸が描かれています。
幸には、あらゆる困難の中でも、どんなときでも支えてくれる陽という存在がいました。
この小説は、どんな人にも支えてくれる誰かがいる、ということを伝えたいと思って書きました。
たとえ、そばにいなくても、その誰かが残した言葉が心を救ってくれたり……気づかないだけで、自分を見ていてくれる人がきっといる、ということを、皆さんにも気づいていただけたらうれしいなと思います。

陽が数年後に目覚めたとき、これからの陽を支えていく

のは、幸です。
　お互いに想い合って生きていくということは、本当に相手の抱える障害も受け入れてこそだと、ふたりを描きながら感じました。

　そして、サイトの感想やレビューに多くあった、「周りの人のせいにしてきた自分を変えたい」、「傷ついて、ぶつかり合って、お互いを理解し合えるって気づいた」というコメントを見て、私が感動してしまいました。
　この作品を読んで、心を動かしてくれた方々がいたこと、こんな風に皆様にメッセージを残せたことを、とてもうれしく思っています。

　実は、この作品を書いたのは何年か前のことで、まさか、こうして今、ここで書籍になって、皆さんにお届けできることになるとは夢にも思いませんでした！
　これは、この小説を読んでくださった読者様、そしてこの小説を見つけて、ここまで素敵な作品に一緒に作りあげてくださった編集の渡辺さん、スターツ出版の皆様のおかげです。
　本当にありがとうございました!!

　また皆さんに小説を通して出会えることを、楽しみにしています！

2016.3.25　涙鳴

この物語はフィクションです。
実在の人物、団体等とは一切関係がありません。

涙鳴先生への
ファンレターのあて先

〒104-0031
東京都中央区京橋1-3-1
八重洲口大栄ビル7F

スターツ出版(株)書籍編集部 気付
涙鳴 先生

KEITAI
SHOUSETSU
BUNKO
野いちご SINCE 2009

最後の世界がきみの笑顔でありますように。
2016年3月25日　初版第1刷発行

著　者　　涙鳴
　　　　　©Ruina 2016

発行人　　松島滋

デザイン　カバー　高橋寛行
　　　　　フォーマット　黒門ビリー&フラミンゴスタジオ

ＤＴＰ　　株式会社エストール

編　集　　渡辺絵里奈

発行所　　スターツ出版株式会社
　　　　　〒104-0031 東京都中央区京橋1-3-1　八重洲口大栄ビル7F
　　　　　ＴＥＬ　販売部03-6202-0386（ご注文等に関するお問い合わせ）
　　　　　http://starts-pub.jp/

印刷所　　共同印刷株式会社
Printed in Japan

乱丁・落丁などの不良品はお取替えいたします。上記販売部までお問い合わせください。
本書を無断で複写することは、著作権法により禁じられています。
定価はカバーに記載されています。

ISBN 978-4-8137-0081-4　C0193

ケータイ小説文庫　2016年3月発売

『甘々100%』 *あいら*・著

高1の雪夜はクールで美形でケンカも強い一匹狼の不良くん。だけど、大好きなカナコの前ではデレデレで人が変わってしまう。一方でカナコはツンデレ女子で、素直に雪夜に「好き」と言えないのが悩みだった。そんなある日、カナコが不良たちに捕まってしまい…!?　甘々度MAXの学園ラブストーリー!
ISBN978-4-8137-0077-7
定価:本体580円+税

ピンクレーベル

『はちみつ色の太陽』 Link(リンク)・著

紫外線アレルギーに悩む高2の美月は、ある日、硬派で学校一イケメンな陽が猫とたわむれているところを目撃!　その時、倒れた美月はお姫様抱っこで保健室へ運ばれ、学校中の噂に。陽のファンからのイジメをおそれる美月は…!?　感動&胸キュンの第10回日本ケータイ小説大賞、他2賞受賞作!!
ISBN978-4-8137-0079-1
定価:本体590円+税

ピンクレーベル

『あなただけを見つめてる。』 sara(サラ)・著

中学時代のイジメが原因で、"逆高校デビュー"をして地味子として生きてきた葵。ところが、高2で同じクラスになった人気者の朝陽と出会い彼に恋をしたことで、過去と向き合い自分を変えようと決意する。恋愛や友情を通して、自分を変えるために努力し成長する主人公を描いた純愛ストーリー。
ISBN978-4-8137-0075-3
定価:本体590円+税

ブルーレーベル

『だって、キミが好きだから。』 miNato(ミナト)・著

高1の菜花は、ある日桜の木の下で学年一人気者の琉衣斗に告白される。しかし菜花は脳に腫瘍があり、日ごとに記憶を失っていた。自分には恋をする資格はない、と琉衣斗をふる菜花。それでも優しい琉衣斗に次第に惹かれていって…。大人気作家・miNatoが贈る、号泣必至の物語です!
ISBN978-4-8137-0076-0
定価:本体590円+税

ブルーレーベル

書店店頭にご希望の本がない場合は、
書店にてご注文いただけます。